Andrea Scrima

Wie viele Tage

Roman

Aus dem Amerikanischen übersetzt von
Barbara Jung

Literaturverlag Droschl

Für Paul

Sieh, nun verschwinden sie, Orte, Gesichter,
Mit jenem Selbst, das sie zu lieben suchte,
Um gestaltet, erneuert zu werden, in anderem Muster.

T. S. Eliot, *Little Gidding (Vier Quartette)*

Eisenbahnstrasse, und der Moment, als ich zum ersten Mal wieder das Atelier betrat, zurückgekehrt nach zwei Wochen Abwesenheit. Absurd, dass eine Quantität existieren, verifiziert werden kann, dass eine Zeit gemessen werden kann, zwei Wochen, alles Mögliche kann passieren, nichts kann passieren in zwei Wochen. Ein Stapel Post unter den Arm geklemmt, eine Reisetasche in der einen und ein Sack Kohlen in der anderen Hand. Die plötzliche Fremdheit des Raumes, die Fremdheit der Wand, die so vertraut, doch jetzt irgendwie zu lang, zu hoch war. Und wie rasch dieses Bild sich verflüchtigte, zum Gewohnten zurückkehrte, wie rasch die Wand wieder normal wurde. Kalt, es war immer so kalt, und der kleine Kohleofen brannte so schnell aus, die Wärme verschwand so jäh aus dem Raum, aber das wusste ich noch nicht, ich kannte die dortigen Winter noch nicht, ich war gerade erst mit der Renovierung fertiggeworden, als ich alles stehen und liegen lassen und nach New York fliegen musste, sofort, sofort. Es war November, die Kälte fing gerade erst an, in die Wände zu kriechen, gefroren, ständig habe ich gefroren, ständig habe ich einen weiteren Eimer Kohlen in den Ofen gekippt, ständig habe ich die Asche geleert, den Kasten so behutsam wie möglich herausgeholt, damit mir der feine rote Staub nicht ins Gesicht flog, doch das wusste ich noch nicht, ich war gerade erst eingezogen, als meine Mutter anrief und sagte, ich solle kommen. Und jene Nacht, die ich wartend in der Dunkelheit verbrachte, darauf wartete, dass es Zeit wurde, zum Flughafen zu fahren, dass der Wecker seinen unablässigen Piepton in meine Magenwände bohrte, meine Tasche gepackt und wartend, die Wände wartend, das Blut in meinen Adern wartend. Wie seltsam der Raum aussah, seltsam sich vorzustellen, dass er in diesen vergangenen zwei Wochen leer gewesen war, zwei Wochen, in denen sich vielleicht ein bisschen Staub auf den Tisch, auf die Bücher gelegt hatte, in denen ein paar Nachrichten auf dem Anrufbeantworter aufgezeichnet worden waren, jemand aufgelegt hatte, zwei Wochen, in denen fast nichts passiert war, in denen die Lampe dort geblieben war, wo sie war, der Tisch, wo er war, die Tasse, wo sie war, der Tee, den ich am Abend zuvor getrunken hatte, dort, wo ich ihn stehen gelassen hatte, unbegreiflich. Und doch öffne ich jetzt, nach zwei Wochen Abwesenheit, die Tür, und es ist nicht dasselbe, etwas hat sich verändert, etwas Böses ist da, ich habe einen blinden Passagier mit heimgebracht, einen Dämon, der sich während der Reise versteckt gehalten hatte und der nun unsichtbar hervorsprang, lautlos in die Wände verschwand, den Raum mit einer Angst erfüllte, die nie wieder fortging, die Angst vor einer tieferen, schwärzeren Dunkelheit, und ich durfte die Schlafzimmertür offen lassen, einen Spalt, und ich kroch aus dem Bett und über die knarrenden Dielen, um den langen Flur hinunterzuspähen, zu dem schmalen Streifen Wohnzimmer, der am Ende sichtbar war, lauschte aufmerksam auf das Murmeln des Fernsehers, das mich tröstete, das murmelnde Geräusch von Sicherheit. Und du warst noch am Leben, deine kleinen Stapel Münzen für die Brückenmaut jeden Abend sorgfältig aufgereiht am Rand des Klaviers, dein Lunchpaket in einer braunen Papiertüte im Kühlschrank und immer etwas mit dem Kugelschreiber auf die Innenseite der Serviette gezeichnet, das Lunchpaket, das ich jeden Abend für dich gemacht habe, jeden Abend.

Eisenbahnstrasse. Das in die Wand, die den Wohnbereich vom Atelier trennte, eingelassene Fenster und die Bilder, die in dem hohen Gestell dahinter trockneten. Wie ich morgens am Küchentisch saß, eine Tasse Kaffee trank und überlegte, ob ich an diesem Tag das Atelier heizen sollte, ob es das Geld für die Kohle wert war. Wie ich dasaß, Kaffee trank und durch das Fenster die Leinwände betrachtete, die an die Holzbalken gelehnt waren, beinahe die Decke berührten, und durch sie hindurch das Bild, das an der seitlichen Wand hing, das Bild, das an der hinteren Wand hing, und immer überzogen mit einem leichten Rotton, reflektiert von der Fassade einer Telekommunikationsfabrik. Die Bilder, an denen ich drei Jahre lang arbeitete, wieder und wieder und ohne zu wissen warum, ohne zu wissen, wohin sie mich führen würden oder was ich zu finden versuchte, und die Farbe, die sich Schicht um Schicht aufbaute, Zentimeter um Zentimeter, sechs Bilder, ein Meter fünfzig mal drei Meter groß; drei Jahre. Und immer wieder rechnete ich durch, wie lange es noch dauern würde, bis der Raum zugewachsen wäre: Schicht um Schicht, ein Bild an der hinteren Wand, ein Bild an der seitlichen Wand mit dem Ofenrohr darüber, das sich bis zur hinteren Ecke des Raumes zog, ein Versuch, die Wärme ein bisschen länger zu halten, bevor sie durch den Schornstein entwich, vielleicht blieb der Raum so ein bisschen wärmer, ich weiß es nicht, und die immer weiter anwachsende Farbe, Schicht um Schicht, ein Zentimeter pro Monat, zwölf Zentimeter im Jahr, mal drei, mal sechs. Und dann, wie ich sie schließlich übermalt habe, sie mit einer opaken Schicht Weiß bedeckte, und dann mit noch einer, um sie nicht mehr sehen zu müssen, mein Versagen sehen zu müssen, noch eine Schicht Weiß und dann noch eine. Und wie einige der Pigmente allmählich von unten durchbluteten, während die Farbe zu trocknen begann.

Eisenbahnstrasse, und das Fenster über dem Schreibtisch. Oft hakte ich den Riegel auf und steckte den Kopf aus dem Fenster, um nach dem Kater zu sehen; ich rief seinen Namen, und er kam oben auf der Backsteinmauer hinter den Mülltonnen angerannt, schaute herauf und blieb stehen, das Maul geöffnet zu einem kleinen, aus dieser Entfernung unhörbaren Katzenschrei. Manchmal jedoch schlief er auf einem der vielen zerschlissenen Autositze im vollgestopften Schuppen des Automechanikers, der immer ein bisschen Futter auf einem Teller bereithielt und der abends auf einem Klappstuhl mit Frau und Tochter draußen im Hof saß. Und ich hatte immer Angst vor dem neun Jahre alten Sohn der Vermieterin, Angst, dass er dem Kater etwas tun würde, aber was, er war ja nur ein kleiner Junge, und doch hatte ich dieses Gefühl, ein Gefühl, das mich nie losließ, sonderbar. Oft streifte er im Hof umher, stieß mit einem Stock nach irgendetwas, schaute ab und an zu meinem Fenster herauf, als habe er meine Gedanken erraten, als habe er Angst, ertappt zu werden, doch vielleicht spürte er bloß meinen Verdacht, war dadurch verunsichert, weiter nichts. Und dann wurde der Kater an einem Wochenende im Schuppen des Mechanikers eingesperrt, und ich wusste nicht, wo er wohnte, ich kannte seine Telefonnummer nicht, Ivo hieß er, ein Kroate. Ich rief nach dem Kater, und er antwortete, ein leises Klagen, und ich wartete, dass Ivo zurückkäme und den Schuppen aufsperrte, sodass ich ihn heimtragen konnte. Der Tag verging, der Kater miaute, kratzte an den Wänden und miaute, und dann fand ich schließlich eine Stelle, wo eine der Holzlatten verrottet war und trat sie ein, weil ich dachte, der Kater könnte herauskommen, aber nein, ich war bloß durch die Rückwand eines abgeschlossenen Schrankes gebrochen. Wie lange es dauerte, endlich eine andere morsche Stelle zu finden, wo ich ein Brett ein Stück weit aufstemmen konnte, gerade genug, um einen Kater durchschlüpfen zu lassen, und wie er sich schließlich an mir rieb, beim Hinaufgehen in kleinen Achten um meine Beine kreiste, ein Paar Stufen vor mir hinaufsprang und auf jedem Treppenabsatz wartete, bis ich sein dickes schwarzes Fell streichelte, unser kleines Ritual, sein vor Entzücken gebuckelter Rücken und sein in die Höhe gereckter Schwanz. Ich öffnete die Tür zum Atelier und fütterte den Kater und wartete, dass Ivo käme, wartete den nächsten Tag und den Tag danach, um mich für den Einbruch in seinen Schuppen zu entschuldigen, um anzubieten, ihn zu reparieren, und dann verging eine Woche ohne Ivo, und dann noch eine Woche, und er kam nie zurück, nie mehr, denn der Krieg hatte begonnen, und allmählich dämmerte mir, dass Ivo nach Hause gefahren war, um seine patriotische Pflicht zu erfüllen, und die Autowracks im Hof rosteten weiter, und die Frau, die Tochter, sie kehrten nie zurück. Eineinhalb Jahre später zog ich aus der Eisenbahnstraße aus, es war erst der Anfang des Krieges, und wer weiß, wann die Miete nicht mehr einging, wann die Vermieterin unruhig wurde, wann ihr Sohn anfing, auf den Zehenspitzen in Ivos Schuppen zu spähen, wann er anfing, Steine in die Fensterscheiben zu werfen.

Wie viele Male hat sich mein Denken in einer Schleife verfangen; wie viele Male hat es sich im Kreis gedreht um ein bestimmtes Wort, einen Ausdruck, der über ein Gesicht huschte und verschwand, wieder und wieder in dem Versuch, näher heranzukommen, aber an was. Jenes Gefühl, dass etwas da ist, wieder und wieder im Kreise; aber was. Jenes beunruhigende Gefühl einer bevorstehenden Enthüllung, die leise Panik. Und dann der Moment des Erkennens, dessen betäubende Wirkung. Ich sehe es, verstehe es, und doch sehe ich nicht, verstehe ich nicht. Die anschließende Amnesie, wenn das Bewusstsein seine neue Entdeckung sorgsam vergräbt, sie einige Zeit später wieder hervorholt, wenn es sich allein weiß, unbeobachtet, sie dreht und wendet, an ihr schnuppert, als sei sie ein ausgetrockneter Knochen.

Fidicinstrasse; der Anblick der Wohnung nach all dieser Zeit. Der grüne Dschungel im Garten nach hinten, die Schwärme zwitschernder Vögel in den Pflaumenbäumen, gepflanzt vor zehn, fünfzehn Jahren von einem türkischen Einwanderer, der die Feuchtigkeit und die Kälte, die durch den Fußboden drangen, nicht ertragen konnte und in eine Vorderhauswohnung im zweiten Stock umgezogen war. Ein Riesentumult von Spatzen, die von Ast zu Ast hüpften, dann und wann überstürzt aufbrachen und davonflogen; das Geräusch Hunderter winziger flatternder Flügel. Die Hecke, die Frau Chran vor dreißig, vierzig Jahren gepflanzt hatte, und die anhaltenden Meinungsverschiedenheiten darüber, wie sie geschnitten werden sollte, Frau Chran wollte immer über sie hinweg sehen können, du und ich wollten immer unsere Ruhe vor den Leuten, die auf dem Bürgersteig dahinter vorbeigingen. Wie sie niedriger wurde von Jahr zu Jahr, während Frau Chran älter wurde und schrumpfte. Und dann war sie bettlägrig, und die Hecke wuchs und verwilderte, verborgen unter den wirren Knäueln von wildem Hopfen, die immer Striemen auf meinen Armen hinterließen, wenn ich die zähen, haarigen Ranken aus den Ästen und von den Bäumen herunterzog, um etwas mehr Licht hereinzulassen. Und nun standen meine riesigen schwarzen Koffer im Flur, randvoll bepackt, jedes Mal bepackt bis zum zulässigen Höchstgewicht, nein, ein paar Pfund darüber, immer ein paar Pfund darüber. Mein gesamtes Leben in diesen Koffern, kompakt, tragbar; meine Erleichterung jedes Mal, wenn die Räder nicht abbrachen. Der lange Flug, der hinter mir lag, die Wartezeit in Brüssel: die allgegenwärtige belgische Tapisserie, die belgische Schokolade. Dann der kürzere Flug nach Berlin Tempelhof und der bange Moment, als ich dein Gesicht auf der anderen Seite der Kontrolle sah. Nicht wusste, wie es jetzt zwischen uns sein würde, nach all dieser Zeit.

Fidicinstrasse, und Bettembourg, der die Straße auf und ab schlurfte mit seinem langsam neben ihm her hinkenden Dalmatiner, auf und ab, auf und ab, der Hund, der jeden Entgegenkommenden ausdruckslos anstarrte, als ob er fast blind wäre. Sein hinkender Gang, sein trockenes, stumpfes Fell, das jeden Glanz, den es einmal besaß, verloren hatte; sein schief zur Seite geneigter Kopf und dieser wirre Blick. Und sobald jemand vorbeiging, brach er in ein irrsinniges, bösartiges Gebell aus, das jeden, der es noch nicht kannte, unvorbereitet traf, denn selbst diejenigen, die mit Hunden besonders vorsichtig waren, selbst die Wachsamsten, waren nicht auf die Schwerfälligkeit seiner Reaktion gefasst, auf das Umschlagen des dämlichen Starrens in bösartige Wut, die Verzögerung. Und Bettembourg, mit seinen rosigen Wangen, seiner Babyhaut, hielt die Leine fest und lächelte idiotisch, und einige der Anwohner konnten es nicht mehr ertragen, konnten den Gestank nach Urin nicht ertragen, das idiotische Lächeln nicht ertragen, diesen Hund, der von einem Verrückten verrückt gemacht wurde, und wechselten die Straßenseite. Eine Unterschriftensammlung machte die Runde, als die Frau, die unter ihm wohnte, auszog, denn Bettembourg hatte sich so lange in der Ecke erleichtert, dass der Urin schließlich durch die Decke zu sickern begann. Und als ich ihm am Alexanderplatz in der S-Bahn unversehens direkt gegenüber saß, erkannte er mich nicht, obwohl wir in den vergangenen sieben oder acht Jahren mindestens einmal am Tag aneinander vorbeigegangen sein mussten. Wie ich einmal spät in der Nacht an ihm vorbeihastete, von Ekel ergriffen bei seinem Anblick, wie er dastand im Hauseingang mit heruntergelassener Hose in der Dunkelheit, mit Exkrementen verschmiert, weinend, und der unablässig, irrsinnig bellende Hund; wie ich nur kurze Zeit später erfuhr, nachdem er gestorben war, dass er sehr krank gewesen sein muss, schreckliche Schmerzen gehabt haben muss in jener Nacht, er war bereits todkrank, zweiundsechzig Jahre alt oder dreiundsechzig, mit seinen rosigen Wangen, seiner Babyhaut.

FIDICINSTRASSE, und wie leicht es gewesen wäre einzubrechen; wie die Tür manchmal vom Wind zugeschlagen wurde, wenn ich im Hausflur stand und mit Frau Chran redete, und wie ich dann durch ihre düstere Wohnung ging und aus ihrem Fenster über den kleinen Hocker, den sie darunter bereithielt, hinaus und vom Garten durch unser Fenster wieder hinein kletterte. Manchmal ging ich nach nebenan, um die langen Gurte neben den Fensterrahmen zu lösen und die schweren Rollläden für sie herunterzulassen, und verweilte noch einen Moment bei den Fotos an den Wänden: ein irgendwo in Russland gefallener Sohn; ein Ehemann in schlecht sitzendem Anzug aus grobem Stoff. Nippes und die Gerüche von Feuchtigkeit und Kohlenstaub und Schimmel, die sich vermischten und aus dem Sammelsurium von Teppichresten aufstiegen, mit denen der Boden bedeckt war, um die Kälte abzuhalten. All die kleinen Vorrichtungen, die Frau Chran im Laufe der Jahre zwischen den untersten Zweigen der Hecke installiert hatte, um Hunde und Herumtreiber fernzuhalten; Stückchen Maschendraht und Gitter von ausrangierten Kühlschränken, zusammengebunden mit etwas Draht. Und der Abfall von der Straße, der sich darin verfing: Flachmänner, leere Zigarettenschachteln, vom Regen ausgebleichte Fetzen Papier. Wie ich oft auf allen Vieren den Müll unter der Hecke aufsammelte, eine große Plastiktüte hinter mir her schleifend, Arme und Gesicht zerkratzt von den Dornen der dazwischen wuchernden wilden Sträucher. Und dann, am nächsten Tag, die erste über die Hecke geworfene Bierflasche, die erste zwischen den Ästen hängen gebliebene alte Zeitung. Wie wir eines Tages aufwachten und entdeckten, dass man sie auf ein Drittel ihres Umfangs zurückgeschnitten, so tief in die Äste hineingeschnitten hatte, dass sie zur Hälfte abstarben und sich nie mehr erholten, doch das kam später. Wir liefen um das Haus herum und starrten auf den hohen Stoß abgehackter Äste, der auf dem Bürgersteig liegen geblieben war, als hätte ein entsetzliches Verbrechen stattgefunden, und dann fanden wir heraus, wer der Übeltäter war, der rotgesichtige Rentner vom Nachbarhaus, der jeden Abend dort draußen hinter dem Garten seinen Hund spazieren führte und immer stehen blieb, mit einem Seitenblick in unser Schlafzimmerfenster spähte und Ina rief, Iiiii-*na!*, während der Hund durch die Hecke kroch, um unter den Rosenbüschen sein Geschäft zu verrichten. Wie er sich an diesem Sonntagmorgen in aller Früh hinausgeschlichen und die Hecke mit der Gartenschere gestutzt haben musste, damit wir nicht wach wurden, ein alter Mann, erstaunlich, dass er nicht auf der Stelle einen Herzinfarkt bekam oder einen Schlaganfall, mit seinem dunkelroten Gesicht, seinem hohen Blutdruck. Ein Schnitt entlang einer imaginären Linie, die seiner Ansicht nach dort verlief, wo der Bürgersteig, wo das Eigentum der Stadt begann, *öffentliches Straßenland!*, wie er entrüstet schrie und dabei eine zitternde Faust schüttelte, nachdem wir die drei Stockwerke hinaufgegangen waren und an seine Tür klopften. Wie ich davon träumte, einen Kran zu mieten und die Geranien auf seinem Balkon bis zur Wurzel herunterzuschneiden, als ich kochend vor Wut den schütteren Restbestand unserer Hecke betrachtete, den kniehohen Stoß abgehackter Zweige.

DIESE STÖRUNG im Gewebe der Dinge; wie kann ich sie beschreiben? – Eine Schwierigkeit mit dem Präsens. Ich spüre diesen Moment, schmecke ihn, und doch entzieht er sich mir; es ist, als würde ich mich nur an ihn erinnern, ihn träumen. Jetzt, denke ich, jetzt – doch nichts von dem, was ich mir sage, kann den Bann brechen.

FIDICINSTRASSE, als das Klavier noch im kleinen Zimmer war, mein Atelier im großen Zimmer mit dem Kachelofen in der Ecke und den gegen die Wand gestapelten Leinwänden, inzwischen viel zu groß, um sie mühelos hin- und herzumanövrieren. Die Art, wie die Kacheln das Licht von den Fenstern reflektierten, kleine Sprenkel Grün von den Bäumen draußen, die auf der glänzenden gelben Oberfläche spielten. Wie die Luft an bestimmten Tagen in den Schornstein gedrückt wurde, durch all die winzigen Ritzen zwischen den Kacheln drang und die Wohnung mit dem beißenden Geruch nach Ruß erfüllte; wie ich eine Reihe von kleineren Leinwänden auf Keilrahmen spannte, am Tisch beim Fenster an ihnen arbeitete und dabei Radio hörte, draußen das Spätnachmittagsdunkel des Winters. Die Art, wie der kalte fluoreszierende Schein aus dem Atelier auf die Hecke im Garten fiel, und wie matt das Licht war, wie schwarz die Äste dahinter. Frau Chran erzählte manchmal von der Zeit, als die Straße hinter dem Haus noch ein schmaler Weg war, ohne den heutigen Verkehr, ohne die Schlange von Autos am frühen Morgen auf dem Weg zur KFZ-Zulassungsstelle. Nichts als Felder bis hinüber zum Flughafen, selbst nachdem die Hakenkreuzfahnen längst von der Fassade entfernt worden waren und die Amerikaner begonnen hatten, Versorgungsgüter in die Stadt einzufliegen. Und nun die auf die Wand gemalten Reklamen aus der Nachkriegszeit, die in brüchigen Kringeln Putz von der Friedhofsmauer abblätterten; die Buden der Autoversicherer entlang der Straße dahinter. Gruppen kreischender Kinder, die aus dem Kindergarten am Ende der Straße kamen und jeden Vormittag an der Hecke vorüberliefen, und später am Tag die Schauspieler des Off-Theaters, ab und an ein Lied aus einem der Stücke singend, mit einer Verve, einer Begeisterung, die das Geräusch des Radios übertönte und den Raum für kurze Zeit mit der Schminke, den Kostümen, dem Scheinwerferlicht des Kabaretts erfüllte. Und die Nachrichten liefen immer zur vollen Stunde, und dann legte ich den Pinsel hin und drehte lauter. Wie es fast immer Sarajevo war, jeden Tag Sarajevo und Heckenschützen. Eine kurze Feuerpause; eine Gruppe Kinder, die zum ersten Mal seit Monaten draußen spielten. Ihr erregter, in der kalten, trockenen Luft dampfender Atem, ihre karminrot gefärbten Wangen. Wie ich dasaß und lauschte, dasaß und aus dem Fenster starrte, während vor meinen Augen das Blut erschien, das in den Schnee sickerte und sich langsam ausbreitete wie der dicke Zuckersirup in die Eiskugeln des puerto-ricanischen Straßenverkäufers, der sie von seinem kleinen Wagen an der Ecke Marcy Avenue aus verkaufte, das Eis von einem großen Block abschabte und die Kugel in eine Papiertüte fallen ließ. Und Frau Chran erzählte manchmal von den Leichenbergen auf dem Marheinekeplatz gegen Ende des Krieges, wo große Schirme die Tische der Restaurants vor der Sonne schützen und Kastanienbäume ihre weiten Schatten über den Spielplatz werfen, große, ausgedehnte Schattenflächen getüpfelt mit kleinen Flecken hellen Lichts.

Fidicinstrasse, und der Sommer, in dem sämtliche Kinder des Hauses sich im Hinterhof vor unseren Fenstern zum Spielen versammelten. Martin ärgerte sie gern, jagte ihnen nach, bis sie vor Angst und Vergnügen schrien, Martin, der im Jahr unseres Einzugs allein und mit feindseligem Blick in einer Ecke des Hinterhofs gesessen, wortlos jeden Vorbeikommenden gemustert und mit einem Stock Linien in den Staub gegraben hatte. Und dann verwandelte er sich plötzlich, oder so schien es, wurde zur beschützenden Instanz für die Kinder des Hauses, hob die Kleinsten hoch und wirbelte sie herum, bis sie kreischten, ließ sie dann sacht wieder hinunter und stellte sie auf die Füße. Das war der Sommer, in dem die Kinder immer wilder wurden, brüllten und im Kreis herumliefen und mit einem Fußball gegen die Mauer des Hauses schossen und immer nur Zentimeter entfernt von den Fensterscheiben, Zentimeter, und wie eine Fensterscheibe schließlich zu Bruch ging und dann noch eine und alle Kinder plötzlich verschwunden waren. Und einige Zeit später bat ich Martin unter irgendeinem Vorwand herein, wegen den neuen Scheiben, die wir gerade eingesetzt hatten, dem frischen Kitt, in der Hoffnung, Freundschaft zu schließen. Wie höflich er war; wie schnell ich süchtig wurde nach seinem Lächeln. Und Ulrich, der oft um sieben Uhr morgens wankend und singend mit Martins Mutter Inge aus der Fidicinklause heimkehrte, Ulrich, der aus Martin nie so recht schlau wurde, kam eines Tages herunter und zog ihn vor den anderen Kindern aus irgendeinem Grund an den Ohren quer über den Hof, Ulrich, der oft vorbeischaute, als wir die Wohnung renovierten, um zuzuschauen, uns Ratschläge zu geben, und dann blieb er in der Tür stehen mit seiner Schnapsfahne, die langsam den ganzen Raum durchzog, und wir versuchten immer zu erraten, was er von uns wollte, vielleicht war es nur das Gefühl, ernst genommen zu werden, mehr nicht. Und der arme Ulrich starb im Krankenhaus, nur eine Woche nach seinem alten Kumpel Hotte, mit dem er nach einem im Suff angefangenen Streit eines Abends in der Fidicinklause jahrelang nicht mehr sprach, an dem er jeden Tag im Hof wortlos vorüberging, sich aus seiner üblichen krummen Haltung aufrichtete und mit einem beleidigten Stirnrunzeln in die andere Richtung sah, doch das kam später. Wie Martins Gesicht sich verfinsterte, sobald Ulrich in der Nähe war, der so grausam und hilflos mit diesem wilden Jungen umging. Und dann fand ich eines Tages einen abgetrennten Katzenschwanz im Garten, und dann eine Katzenpfote, und sofort musste ich an Martin denken, der sie womöglich über die Hecke geworfen hatte, Martin, der sie vom Balkon im dritten Stock fallen gelassen hatte. Wie ich diese pelzigen Dinge anstarrte, wie es einige Zeit dauerte, bis dieses Bild sich mir einprägte; wie ich sie dort im Gras eine Ewigkeit anstarrte, mit dem sicheren Gefühl, ich müsse mich täuschen, und sie behutsam mit einem Zweig umdrehte, um sie mir genauer anzuschauen.

Fidicinstrasse, und der Efeu, den ich im Vorgarten pflanzte. Er hatte gerade erst begonnen, Wurzeln zu schlagen, als ein Aushang ankündigte, die Fassade werde gestrichen. Und so gruben wir ihn wieder aus und trugen ihn in die Wohnung, und all seine Blätter fielen ab, während wir zusahen, wie die Arbeiter durch die Rosen trampelten, um das Gerüst aufzubauen. Und dann, mehrere Monate später, als die letzten Metallstangen und Bretter endlich weggetragen wurden, der Anblick des verwüsteten Gartens und der Pflaumenbäume, die noch standen, zwei kurze, aus der Erde ragende Stümpfe, und Farbkleckse überall auf dem Boden; wie es zwei weitere Jahre dauerte, bevor der Efeu wieder zu wachsen begann, als wolle er erst einmal abwarten, bevor er einen neuen Versuch machte.

Wo soll ich mit dem Ordnen der Tage, der Wochen beginnen; es war doch alles anders, oder nicht? An einem Drehkreuz an der Delancey Street, plötzlich überwältigt von dem Bedürfnis, mit dir zu sprechen; sofort. Und was tatest du in genau diesem Moment, und wie weit entfernt war ich von deinen Gedanken. Wie zurückgehen und meine Vorstellung von der Vergangenheit revidieren: Was geschah damals, oder damals – eine sinnlose Bemühung.

Bedford Avenue. Überall Staub, Berge von nutzlosem Gerümpel, fremde Geräusche. Ich räumte den Tisch frei, sperrte einen der Koffer auf und begann, einige Sachen zu akkuraten Stapeln zu arrangieren; das seltsame Gefühl beim Auseinandernehmen dieses dicht gepackten, ökonomischen Arrangements, dieser provisorischen Koffer-Ordnung, die viel plausibler, viel realer zu sein schien als die neue Ordnung, die ich zu schaffen versuchte. Die Bücher, die ich im Laufe der letzten paar Monate unterwegs gelesen hatte, jetzt aufgereiht auf meinem behelfsmäßigen Schreibtisch; die Papiermodelle der Installationen, an die Wand gepinnt, und daneben ein U-Bahn-Plan mit seinen bunten Linien, die in dicht gedrängten Bündeln über die schematischen Umrisse der Bezirke verliefen. Und ich, die ihnen folgte in einer imaginären Fahrt von Station zu Station, eingesperrt in diesem staubigen, vollgestopften, fensterlosen Loft im Obergeschoss einer zweistöckigen ehemaligen Reparaturwerkstatt, und nur ein selbstgebautes Oberlicht, das etwas Luft hereinließ. Wenn es regnete, musste ich auf das Dach hinaufrennen und über eine Brandmauer klettern, um die schwere Plexiglasplatte über die Öffnung zu zerren, doch die Luft blieb drückend und heiß, und schließlich ließ ich das Oberlicht offen und wischte stattdessen die Pfützen Regenwasser auf, doch das kam später. Und die Pinsel, die Kamera und das Stativ, ordentlich beiseite geräumt, schon jetzt mit der vagen Aura von Dingen, die hier nie benutzt, nie angerührt werden würden, ein hilfloser Versuch, wieder einmal mein Lager aufzuschlagen. Wie ich am nächsten Tag unter dem Oberlicht am Tisch saß und in der unvorstellbaren Hitze die Zeitung las, wie mir der Schweiß von den Schläfen tropfte und dunkle Flecken bildete, die sich auf der gedruckten Seite vor mir ausbreiteten wie kleine Explosionen. Meine Augen, wieder und wieder angezogen von den Spuren, die das Malen auf unzähligen Bögen Papier auf der Wand hinterlassen hatte, von unzähligen Pinselstrichen, die aus scharf umrissenen, leeren Vierecken ausstrahlten, und überall Tropfen, Schmierflecke, Kleckse, und ich starrte sie wieder und wieder an, außerstande, mich auf irgendetwas anderes zu konzentrieren, sprang von meinem Stuhl auf und nahm den U-Bahn-Plan und sämtliche Papiermodelle wieder ab, entschlossen, der Wand rasch eine Schicht Farbe zu verpassen. Ich kaufte zehn Liter weiße Wandfarbe im polnischen Eisenwarenladen an der Ecke, und hinterher, als ich die Papiermodelle wieder an die Wand heftete, sah es viel sauberer aus, doch eigentlich änderte sich nichts, es war genauso offensichtlich wie zuvor, dass ich hier die nächsten Wochen auf dich warten würde, sonst nichts, hier warten würde mit meinem kleinen Schreibtisch-Ensemble und den frisch gestrichenen Wänden und den ans eine Ende des Lofts geräumten Stapeln von Sachen, die jemand anderem gehörten, und dem Tag für Tag höher werdenden Stoß Zeitungen, ab und an ein Foto ausschneiden und an die Wand heften würde, der einzige Beweis meiner Gegenwart.

Bedford Avenue, und die beiden Katzen, die ich als Untermieterin über den Sommer füttern musste. Der scharfe Geruch des Katzenklos in der schwülen Hitze, schon das ziemlich unangenehm, und dann überall die Ballen von Katzenhaaren, die sich in den Ecken sammelten und die Couch bedeckten, die Stühle, obwohl ich sie jeden Abend bürstete, scheffelweise feine Haare aus ihrem dicken, unerschöpflichen Fell herausklaubte. Und immerzu flogen welche herum, in die Nase, in den Mund; unvermeidlich. Die eine Katze liebte es, gebürstet zu werden, streckte ihren Rücken und schnaubte vor Vergnügen; der Kater liebte es nicht, unterzog sich aber gehorsam der Prozedur. Wie dieser Kater Distanz hielt, am Abend zum Fressen kam und gleich danach an der Tür miaute, um wieder hinausgelassen zu werden. Ich wusste nie, wohin er ging, bis ich ihn eines Nachts auf dem Dach fand, wo ich zur Abkühlung von der drückenden Hitze der Fabriketage eine Decke ausbreitete, obwohl die Luft dort genauso stand wie im Gebäude und der Teer noch klebte von der Nachmittagssonne. Wie er auch hier diskrete Distanz wahrte, obgleich er immer in Sichtweite blieb, auf einer Brandmauer, einem Schornstein, seine gelben Augen leuchtend und sein schwarzes Fell unsichtbar in der Dunkelheit. Und dann entdeckte ich ihn eines Nachmittags mit einer schmutzigen Socke aus dem Wäschekorb von irgendjemandem; wie er durch die Fabriketage rannte mit der Socke im Maul und plötzlich stehen blieb, sich umsah, bevor er sie zu Boden fallen ließ und einen klagenden Schrei ausstieß. Und dann, wie er aus einer Trance aufzuwachen schien; wie er der Socke einen raschen Blick zuwarf, mit der Pfote zuckte und weglief.

Bedford Avenue. Am Tisch sitzend, eine Schere in der Hand, im Begriff, ein Foto aus den Auslandsseiten der *New York Times* auszuschneiden. Ein Hügel, ein sich in der Mitte des Bildes wölbender Horizont; drei oder vier Männer, von unten aufgenommen, mit einem dicken, straff über ihre Schultern geschlungenen Seil, die einen Sarg aus einem Grab hieven. Und die Bildunterschrift, wie wenig sie verriet, Angehörige, die einen Onkel, einen Bruder ausgruben, sich auf die Flucht aus Bosnien vorbereiteten und nicht einmal ihre Toten zurücklassen wollten. Und ich fragte mich, wie sie alles mitnehmen konnten, was sie brauchen würden, Proviant und Wasser und Kleidung, was nehmen Flüchtlinge sonst noch mit, wenn die Zeit zu knapp ist, um sich auf die unbekannten Gefahren einer ungewissen Reise vorzubereiten. Und die Särge, ohne eine Ahnung zu haben, wann oder wo sie sie wieder begraben können, wo bringen sie die Särge unter, auf den Dächern ihrer Autos? Was machen sie, wenn sie ihre Fahrzeuge zurücklassen müssen, tragen sie sie auf den Schultern, vier für einen Sarg, Sarg um Sarg in einer endlosen Prozession der Toten und derer, die bald getötet werden?

Ich richte meine ganze Aufmerksamkeit auf diesen Moment, versuche, seine Unmittelbarkeit zu verstehen, seiner Wirklichkeit zu vertrauen; ich sage mir, dass dies die Gegenwart ist, dieser Moment und kein anderer. Ich schaue mich um und sehe die schwache Spur getrockneter Regentropfen auf dem Fensterglas, sehe meine Hände vor mir auf dem Tisch liegen. Mein Bewusstsein läuft diesem Moment hinterher, und dem nächsten, und dem danach; ich nehme mir vor, mir jedes Detail einzuprägen, doch ich kann es nicht, und ich kann nicht in der Gegenwart existieren in dem Wissen, dass ich den Großteil dessen, was ich um mich herum sehe, vergessen werde.

Eisenbahnstrasse. Die Wochen, nachdem du gestorben warst, und dann die Monate, die folgten, als würden sie in einer anderen, dehnbareren Zeiteinheit gemessen. Wie elastisch alles zu sein schien, als könnten die Dinge jeden Moment eine andere Form annehmen, als könne der mich umgebende Raum sich um sich selbst schlingen, sich ohne Vorwarnung umstülpen. Manchmal stellte ich mir vor, ich wäre bereits eine alte Frau, die lediglich träumt, jung zu sein, und manchmal stellte ich mir vor, ich wäre bereits tot, oder eine Mutter, die gerade einen Sohn verloren hat und nicht umgekehrt, als hätte dein Tod bewirkt, dass die Zeit rückwärts liefe, irgendwie einen Tunnel in mir gebildet hätte. Wie ich durch die folgenden Tage dahintrieb mit weit aufgerissenen Augen und einer Stimme, die klang, als käme sie von irgendwoher außerhalb meines eigenen Schädels. Und die Jobs am Theater in jenem Winter, das Auf-den-Boden-Tackern der langen Transparente und das Auftragen der Farbe, während um mich herum die Bühnenbildner und Regieassistenten kamen und gingen; wie ich einen großen Ventilator am Ende des Transparentes aufstellte und hinunter in die Cafeteria ging, um dort zu warten, bis es getrocknet war, mich mit einer Tasse Kaffee und einem Buch in einer Ecke versteckte. Und an manchen Abenden strömten zwischen den Proben nach und nach die Schauspieler mit ihrer Schminke und ihren Kostümen herein, drängten sich um die Kasse und die gläsernen Kühlvitrinen. Was, rief einer von ihnen, kein Obstsalat mehr da? *Nicht ein einziges Stückchen Kuchen?* Übertriebene Mimik; dröhnendes Gelächter. Wie ich sie hereinströmen und allmählich die Cafeteria füllen sah und dann das Buch zuklappte und vor mich auf den Tisch legte, während ein Mann in gepuderter Perücke und federgeschmücktem Hut ein leeres Dessertglas von den Tabletts mit schmutzigem Geschirr nahm und in bekümmertem Ton ausrief, *dies hätte dein Obstsalat sein können, mein Sohn.* Und dann beugte sich eine Frau, den Busen adrett im Mieder eines Dirndls verschnürt, mit verschwörerischem Zwinkern über meinen Tisch, fragte mich, ob die anderen Stühle noch frei wären, griff sich mein Buch und hielt es mit ausgestrecktem Arm vor sich hin, verkündete den Titel, als sei es ein päpstliches Edikt, und gestikulierte feierlich, während ich in meiner Ecke immer kleiner wurde und mich ein heftiges Verlangen überkam zu weinen. Wo bist du; wo bist du. Ich lief hastig wieder nach oben, hing meine Schutzmaske an ihrem Gummiband auf, holte meinen Mantel aus dem Spind und steuerte wortlos auf die Tür zu. Und dann, beim Gedanken an die bevorstehende Miete, besann ich mich eines Besseren und trug meinen Mantel wieder zurück zum Spind, wusch die bereits hart werdenden Pinsel aus, spannte eine Schnur als Grundlinie und begann, die Buchstaben mit dem Titel der nächsten Premiere zu skizzieren. Wie ich sie ausmalte, auf dem harten Holzfußboden kniete und mit zitternder Hand die Rundungen zog und dabei daran dachte, wie sehr ich das Theater hasste, alles daran hasste, alles Dramatische hasste, alles Theatralische. Das waren die Monate, in denen ich mir selbst kleine Zettel schrieb: Pass auf, wenn du die Straße überquerst; pass auf, wenn du die Bohrmaschine benutzt. Eine Geistesabwesenheit, die ich nicht abschütteln konnte, und das Gefühl, unter Wasser zu sein, oder unter Glas. Wie kalt und feucht es war, wie ich fror in meiner dünnen Jacke, als wir in jenem November durch den Botanischen Garten in Paris gingen, und dann waren wir plötzlich im Pavillon mit dem tropischen Klima, und dann im Pavillon mit dem Wüstenklima, und wie ich in der Wüste bleiben wollte, nie mehr diese Wüste verlassen wollte mit ihren Kakteen und ihren seltenen, verschwenderischen Blumen, für immer beschützt und warm. Du, und du. Ein oder zwei Tage später waren wir auf dem Eiffelturm, eifrige Touristen, und du erzähltest mir, dass du eingeäschert werden wolltest; dass du deine Überreste einer Freundin hinterlassen wolltest, als Pigment, sagtest du. Was für eine trostlose Farbe das ergeben wird, antwortete ich; aschgrau, vermischt mit Leinöl auf einer Glaspalette, *damit würde ich nicht malen wollen.* Und dann fotografiertest du mich mit einer Antenne im Hintergrund, winktest mir, ein bisschen weiter nach links zu rücken, damit es aussah, als würde die Antenne aus meinem Kopf heraussprießen, doch das kam später, das entdeckte ich erst später, nachdem ich die entwickelten Bilder abgeholt hatte. Und was habe ich von dieser Woche, noch immer: eine Gummimappe aus rotem Plastik; eine aus dem Hotel geklaute Tagesdecke aus weißer Baumwolle, später dunkelrosa eingefärbt, die ich vor unser Schlafzimmerfenster hängte und die im Laufe der Jahre allmählich zu einem blassen Rosa ausbleichte; die Fotos, die ich in einem Automaten irgendwo in der Nähe des Gare du Nord von mir selbst machte, um die Zeit totzuschlagen, bis mein Zug nach Berlin ging, verfolgt von dem nagenden Gefühl, dass ich dich nie mehr wiedersehen würde – diese vier Fotos mit blauem Hintergrund und diesem Blick von Unter-Wasser-Sein, oder unter Glas, zwei in einer Schublade irgendwo und die anderen beiden völlig vergessen, bis ich sie Jahre später kurz zu sehen bekam, als der Beamte bei der Ausländerbehörde meine Akte öffnete und rasch durchblätterte, während ich unter dem harten, grellen Licht der Neonröhre auf der anderen Seite des Schreibtischs saß und einen Antrag auf eine unbefristete Aufenthaltserlaubnis ausfüllte. Und wie seltsam es war, sie unerwartet unter all diesen Formularen zu sehen, die ich im Laufe der Jahre ausgefüllt und unterschrieben hatte, mit zwei ordentlich in den linken Rand gestanzten Löchern und abgeheftet in einem Ordner; wie es mir vorkam, als wäre ich in eine Falle geraten, konfrontiert mit irgendeinem schrecklichen und unwiderlegbaren Beweisstück.

Eisenbahnstrasse, und wie wir zusammen an einer Theaterproduktion arbeiteten, war das vor zehn Jahren?, vor elf?, und dann an einer weiteren, und der Tischler namens Freddy, der fast nie ein Wort sprach: seine *Bild-Zeitung*, seine in Papier eingewickelten Wurstbrote im Kühlschrank, an dessen Ecken sich die Klebefolie mit der Holzmaserung ablöste; wie er den ganzen Tag Holz zuschnitt und die Rohbauten für das Bühnenbild zusammenzimmerte, ohne je eine Inszenierung gesehen zu haben, ohne je Interesse daran gezeigt zu haben, vielleicht ohne je eingeladen worden zu sein, zwei Karten für die Premiere in einem sauberen weißen Umschlag mit seinem Vor- und Nachnamen in gut lesbaren Druckbuchstaben, doch niemand kannte Freddys Nachnamen, Freddy war immer nur Freddy. Wie wir die Nacht durcharbeiten mussten, um Änderungen für einen Bühnenbildner auszuführen, der sehr, sehr freundlich war und sehr, sehr besorgt, Schwierigkeiten mit dem Regisseur, Schwierigkeiten mit dem Bühnenbild, und wie ich einen Ausschlag bekam, als ich ihn lächelnd zwischen den Farbeimern stehen sah, nutzlose Eimer mit nicht ganz getroffenen Farbtönen, immer ein bisschen daneben, ein bisschen mehr Rot, ein bisschen mehr Ocker, und dann war alles zu dunkel, Unmengen an Farbe und alles viel zu dunkel, und wie viele Liter Weiß waren nötig, um sie genügend aufzuhellen, was in aller Welt werden wir mit dieser ganzen überflüssigen Farbe tun, mit all diesen nutzlosen Eimern. Und all das spielte sich hinter der Bühne ab, während um uns herum bereits die Inszenierung lief und Bühnenarbeiter Sachen hin- und hertrugen. Dann der Klang des Orchesters und der Schatten einer Schauspielerin, die im Scheinwerferlicht eine Treppe hinaufstieg, projiziert auf den Vorhang hinter ihr und sichtbar auf der Rückseite, wo wir mit dem Pinsel in der Hand innehielten und staunend ihre Silhouette betrachteten: der erhobene Kopf, die ausgestreckten Arme, ein Grande Finale; Crescendo und Applaus. Die wenigen Dinge von dort, die wir noch immer haben: ein kleiner Schreibtisch, der für ein Requisit viel zu schön war und den zu stehlen ich dich überredete; eine Rolle Schleifpapier für die Schleifmaschine, die Hälfte verbraucht, die andere Hälfte noch da, selbst jetzt, nach zehn Jahren, oder elf.

Eisenbahnstrasse, und der Job, für den wir nie bezahlt wurden, Zirkuswagen bemalen für eine Buffalo-Bill-Show, die aus den verstreuten Überresten des pleitegegangenen ehemaligen Staatszirkus der DDR zusammengestückelt werden sollte. Die Tiere draußen in Hoppegarten, die wartend in ihren Käfigen hockten, ohne Beschäftigung, lauernd, wachsam. Mit einer Feindseligkeit, die ich außerhalb der menschlichen Spezies nie für möglich gehalten hätte, warfen Paviane mit Nüssen und allem anderen, das sie zu fassen bekamen, kletterten an ihren Käfigen hoch und traten trotzig gegen die Gitterstäbe. Und die Kamele; ein Eisbär; zwei Elefanten, die im Gleichtakt ihre Rüssel schwenkten; ein in einer dunklen Ecke kauernder Panther, reglos und unsichtbar bis auf seine glühenden gelben Augen. Und ein Löwe, der mit der Rastlosigkeit eines intelligenten, trainierten Tieres auf- und abschritt; wie er meine Bewegungen registrierte und mir folgte, als ich an dem Käfig vorüberging, und wie er, als ich stehen blieb und mich umdrehte, dasselbe tat, überaus wachsam, wie eine Katze, die mit konzentriertem Blick einem Spielzeug folgt. Wir hätten so gern geglaubt, dass wir ihn zum Spielen aus dem Käfig herauslassen könnten, dass wir sein schönes Fell streicheln könnten, er sich strecken und vor Vergnügen ächzen, dass er uns nicht in Stücke reißen würde. Der Wärter und eimerweise rohes Fleisch, das er in die Käfige warf; wie er uns beäugte mit einem verschlossenen und mürrischen Blick. Ich ging fort, um zuzuschauen, wie die Elefanten in weiten Bögen ihre Rüssel schwangen, vor und zurück, vor und zurück, wie sie Seite an Seite standen und ihre riesigen Körper sich sanft berührten; vertrieben sie sich die Zeit oder versuchten sie, ihre Ängste zu zerstreuen, ich war mir nie sicher. Schließlich erfuhren wir, dass es bald kein Geld zum Füttern der Tiere mehr geben würde, dass sie einzeln verkauft werden müssten, wo immer man sie haben wollte; dass es so gut wie unmöglich sein würde, einen Käufer für zwei Elefanten zu finden – und wie gering im Fall der Trennung ihre Chance sein würde zu überleben.

Dieser eine Moment, dieses eine Detail, das mir im Gedächtnis haften geblieben ist, doch warum, es war nichts von Bedeutung, nichts ist passiert, ein schräg auf den Bürgersteig fallender Lichtstrahl, ein Rascheln von Laub. Und all das brannte sich mir mit großer Schärfe und Klarheit ins Bewusstsein, jedes Detail prägte sich meinem inneren Auge ein wie die gestochen scharfen Buchstaben eines gedruckten Wortes, das ich nicht verstehe. Ich sage Licht, Laub, doch nichts davon kann die mythische Bedeutung vermitteln, die es für mich besitzt. Und liegt irgendetwas Größeres darin verborgen, und warum habe ich es vergessen – vergessen zum Beispiel die plötzliche Erkenntnis des Selbstbetrugs, dort, damals, bei diesem Bürgersteig, diesem Laub –, oder ist es ein Zufallsprodukt, Strandgut, das in den zerklüfteten Winkeln meiner Erinnerung hängen geblieben ist.

Bedford Avenue; ich stand vor dem U-Bahn-Plan, sprach die Namen aus und spürte den Nachgeschmack, den sie auf meiner Zunge hinterließen. Wie weit entfernt sie schienen, wie aus einer anderen Welt, einer anderen Zeit; wie unwahrscheinlich, dass ich mit diesem Plan in der Tasche hinausgehen und tatsächlich in einen Zug steigen könnte. Und dann überwand ich schließlich meine Lethargie, ging die Bedford Avenue hinunter und stieg die Treppe zur U-Bahn hinab, während mir der Schweiß zwischen den Brüsten hinunterrann; wie ich ohne einen klaren Plan im Kopf in einen klimatisierten Zug stieg, mich oben an der Haltestange festhielt und die Gänsehaut betrachtete, die sich auf meinem nackten Arm bildete, als der Schweiß auf meiner Haut kalt wurde. Ich stieg mehrmals um, zuerst am Union Square, dann an der Grand Central, betrachtete beim Einfahren des Zuges in jeden Bahnhof flüchtig die wartende Menge, meine Augen huschten von einem Gesicht zum anderen, suchten nach jemandem, den ich vielleicht kannte, irgendjemandem, unvorstellbar, in einer Stadt aufgewachsen zu sein und niemanden wiederzuerkennen, absolut niemanden. Meine Augen glitten vom Fenster des U-Bahn-Abteils und dem Strom der draußen vorbeihastenden Menschen nach oben, zu den Streifen Plakatwerbung, Hotlines für misshandelte Frauen, misshandelte Kinder, Zentren für kosmetische Chirurgie, Zahnchirurgie, mit einem Bild von Dr. Soundso und seiner Unterschrift darunter, gekrönt von einem irgendwie medizinisch aussehenden Schnörkel. Und dann stellte ich plötzlich fest, dass ich mich auf dem Weg zur Bronx befand, und beschloss, an der 149th Street auszusteigen und nachzuschauen, ob das alte Gebäude noch dort stand, wann war ich zum letzten Mal hingefahren, ich muss noch ein Kind gewesen sein. Ich ging die Brook Avenue hinunter, ohne ein einziges Gebäude wiederzuerkennen, einen einzigen Baum, bog an der 148th Street ab und ging in Richtung St. Ann's, begann die geraden Nummern auf der Südseite der Straße abzuzählen, hin zur Nr. 516, dem Haus, das meine Urgroßeltern nach ihrer Ankunft in diesem Land gekauft hatten, dem Haus, in dem meine Mutter aufwuchs, meine Großmutter aufwuchs, zwei lange Reihen fünfgeschossiger Gebäude zu beiden Seiten der Straße, mit zwei ausschließlich aus Durchgangszimmern bestehenden Wohnungen auf jedem Stockwerk und Frauen in langen Röcken und Schürzen, die Abend für Abend den Bürgersteig fegten. Hier war Nr. 514, ein etwas zurückgesetzt stehendes, zweigeschossiges Haus; ein Dreirad lag auf einem kleinen betonierten Vorplatz, aus dessen Rissen Unkraut hervorspross. Ich ging weiter zum nächsten Haus und sah die ins Holz über der Tür genagelten Ziffern 518, und dann blieb ich stehen und ging noch einmal zurück; ich muss daran vorbeigegangen sein, dachte ich, doch es gab keine Nr. 516, nur ein Gebäude mit der Nummer 514 und ein anderes mit der Nummer 518, beide aus einem vergleichsweise jüngeren Baujahr, doch keine 516, und ich stand da, starrte Nr. 514 an, dann Nr. 518, und begriff, dass das Haus bereits vor langer Zeit abgerissen worden sein musste, nachdem sich das Viertel in einen Slum verwandelt hatte. Und später, nachdem im Zuge einer Stadtteilsanierung die Grundstücke neu gezeichnet und andere Häuser errichtet worden waren, war die Nummer 516 einfach aus der Reihe der Adressen in der East 148th Street komplett verschwunden, und ich stand da, wo die Eingangstür zum Haus gewesen sein musste, und stellte mir vor, wie meine Mutter als Kind auf der Vortreppe gesessen hatte, meine Großmutter, ein Kind, hier, genau an diesem Fleck, wo das Haus einst gestanden hatte, jetzt nur mehr manifestiert durch eine Lücke in einer numerischen Folge. Ich stand eine ganze Weile da, betrachtete die Häuser und die Größe der Grundstücke, außerstande zu erklären, wie eine Adresse verschwunden sein konnte, die neueren Häuser waren nicht größer, nicht breiter als die älteren es gewesen waren, sie hätten nicht so viel zusätzlichen Platz in Anspruch genommen, um ein ganzes Grundstück einfach verschwinden zu lassen, dachte ich und ging die Straße hinunter und bog an der Ecke ab, an der meine Mutter ihre ganze Kindheit hindurch jeden Tag abgebogen war auf dem Weg zur Grundschule gegenüber dem Park, wo die wilden Jungs auf Pappkartons die großen Granitsteine hinunterrutschten und hohe Bäume aus den Spalten dazwischen wuchsen, jetzt zugemüllt mit alten Zeitungen und zerdrückten Bierdosen und im Unterholz verstreuten kleinen Haufen gebrauchter Spritzen.

Bedford Avenue: den Zug zur Fähre und raus nach Staten Island, um meine Mutter zu besuchen; mit ihrem Wagen hinauf zum Friedhof. Wie es einige Zeit dauerte, bis ich das Grab fand, wie ich die Reihen von kleinen Grabsteinen absuchte, die mit verwelkten Blumensträußen und vom Regen verwaschenen amerikanischen Flaggen geschmückt waren. Und wie schwer es war, irgendetwas in dem neuen Abschnitt zu finden, wo der Friedhof an die Todt Hill Road grenzt; wie alles gleich aussah, hektarweise gemähter Rasen auf baumlosen Hügeln und Reihen um Reihen uniformer Parzellen, wie ein Modell, ein Miniaturvorort, bis der Anblick deines in Stein gravierten Namens meinem Herzen einen heftigen Stich versetzte, als sähe ich ihn zum ersten Mal. Einmal kam ich an deinem Geburtstag zufällig an einem anderen Friedhof vorbei und ging hinein, wanderte im Schnee umher und dachte daran, dass du heute achtzig geworden wärest, doch das kam später. Ich blieb stehen vor einem Grabstein mit der Inschrift *Nach fleißiger Arbeit und erfüllter Pflicht* und musste plötzlich an deine kleine Schuhputzecke im Keller denken, die an der Wand festgeschraubte Schuhform aus Metall und die in einer akkuraten Reihe aufgestellten Polierbürsten. Manchmal machte ich die Fahrt nach Staten Island, um der Hitze der Fabriketage zu entkommen, stieg die Treppe zum Keller hinunter und dachte daran, wie groß er mir einst erschienen war, als wir auf unseren Rollschuhen hin- und hersausten, als wir auf dem Springstock herumhüpften und kleine runde Pockennarben in den Betonboden gruben, nachdem die Gummikappe irgendwo verloren gegangen war. Und dann beschloss ich, den Wänden eine Schicht Farbe zu geben, räumte die Möbel beiseite und stellte all die alten Bilder an eine Wand und nahm die Fliegengitter von den Fenstern, fegte die getrockneten Blätter und Spinnweben weg, die an dem oxidierten Aluminium klebten, und schrubbte die Gitter draußen unter dem Gartenschlauch, bis sie sauber waren. Wie ich den Fußboden mit den Seiten des *Staten Island Advance* auslegte und die Rolle in die Farbschale tauchte, während meine Mutter zuschaute; wie sie darauf hinwies, dass das Ganze meine Idee gewesen sei. Und wieso ich das schon wieder täte, wieso ich ständig alles weiß anmalen müsste? Die kleinen Keramikkacheln, die in den Fenstervertiefungen angeklebt waren: warum nie jemand dazu kam, sie zu verfugen, die weißen dort, wo Barbaras Zimmer gewesen war, die kleinen quadratischen braunen dort, wo mein Zimmer gewesen war, wo Lisas Zimmer gewesen war, damals, als der Keller unterteilt und mit Paneelen aus Holzfurnier und Gipsdecken versehen wurde, als wir drei nach unten zogen, um Platz für Großmutter zu machen, doch Großmutter starb, bevor sie hätte mitansehen müssen, wie im Obergeschoss die ersten Mieter ihren Platz einnahmen. Der Spiegel, der in Barbaras Zimmer gehangen hatte, mit dem Rahmen, gestrichen in einem leuchtenden Rot: wie alles in Barbaras Zimmer weiß oder rot war, oder weiß und rot; wie der Spiegel bis zum heutigen Tag in Lauras Badezimmer in der Ninth Street hängt. Und der Abfluss, in dem sich jedes Mal, wenn es regnete, ein Rückstau bildete, aus dem das Wasser unter die niedrige provisorische Tür in der Gipswand hindurchleckte und mein Zimmer überschwemmte; wie ich eine dünne Korkplatte über die Tür klebte und meine Skizzen dort anpinnte, Bleistiftzeichnungen von John Lennon und Jimi Hendrix, abgezeichnet von Plattencovern, die Gesichter sorgfältig schraffiert und die Schlaglichter mit einem Radiergummi herausgetupft. Immer wieder wanderte ich in jenem Sommer durch den Keller, in die Werkzeugkammer, wo reihenweise Gläser mit Schrauben und Muttern an der niedrigen Decke hingen, in den Hobbyraum mit dem indoor/outdoor-Teppich und all den Dingen, die mein Bruder dagelassen hatte, Computer, Elektronik-Bauteile, ein in seine Einzelteile zerlegtes Klavier, kistenweise Papiere, als hätte er nicht schon längst geheiratet und ein Haus gekauft und eine eigene Familie gegründet. Und all die alten Bilder, gestapelt in der Ecke, die Kommode, der Überseekoffer, mein kleines Geheimversteck mit meinen Besitztümern, als wäre ein Teil von mir nie ausgezogen, als wäre dies mein kleines Reich, in das ich wieder hineinkriechen könnte, für alle Fälle, und ich dachte an uns beide, meinen Bruder und mich, jeder von uns mit einem kleinen abgesteckten Territorium, jeder von uns mit einem Ort, an den man zurückkehren könnte, selbst jetzt noch, in diesem riesigen Königreich unserer Kindheit.

Bedford Avenue, und der Abend, bevor du nach New York kamst. Wie ich gewartet hatte; all die heißen Tage nur geschwitzt hatte, über den glühenden Asphalt der Straßen gelaufen war und gewartet hatte; und wie ich jetzt dasaß und mit fest geschlossenen Augen deiner Stimme am Telefon lauschte, in dem Raum schwebte, den sie um mich herum schuf. Und du warst in diesem Zustand der Unruhe, in den man vor einer Abreise gerät; du würdest morgen kommen, und du hattest noch nicht angefangen zu packen, todmüde und ein Flug um sechs Uhr früh. Und ich würde dich morgen Nachmittag vom Flughafen abholen, dich durch die Absperrung kommen sehen, eine zerknitterte Zeitung unter dem Arm und mit einem Ausdruck verschlafener Verwirrung, und würde überwältigt werden von dem Impuls, mich umzudrehen, bevor dein suchender Blick mich in der Menge aufgeregter Zuschauer ausfindig machen konnte, und weglaufen.

Ein Tag, eine Stunde ohne Widerspruch. Ein Gefühl zu haben, es einmal zu haben und zu behalten, ohne Ambivalenz, ohne eine erneute Wendung der Dinge. Wie viele Tage verbringe ich regungslos, warte, dass diese wirbelnden Gedankenfetzen sich langsam auf dem Boden des Glases absetzen, voller Angst, mich zu rühren, Angst, den Tumult wieder aufzuwühlen, und jeder Gedanke enthält seine Widerlegung, jede Einsicht trägt die Spuren ihres Gegenteils. Der Versuch, eine einzige Prämisse auszumachen, die als Fundament dienen könnte, auf das man bauen kann, als Achse, um die man rotieren kann, ein einziges Gefühl, eine elementare Wahrheit, die nicht dazu bestimmt ist, revidiert, widerlegt zu werden. Nicht noch einen weiteren Nachmittag im Dunkeln tappen – wo ist es hin, wo ist es hin –, einen weiteren Nachmittag, eine weitere Nacht.

Eisenbahnstrasse; der auf dem Boden des Ateliers ausgerollte Futon und darauf ausgestreckt mein Bruder mit seinen langen, über den Rand hängenden Füßen, der den Jetlag ausschlief. Sein offener Koffer in der Ecke neben dem Ofen, aus dem Jeans und Hemden und Unterwäsche herausquollen, und daneben ein Paar verschwitzte Socken und eine Plastiktüte mit zollfreier Schokolade. Ich betrachtete seinen schlafenden Körper und dachte darüber nach, wie gut ich ihn kannte und wie ich ihn in all seinen Entwicklungsstadien gekannt hatte, ihn gekannt hatte, als die Schultern schmächtig und zart waren und wir in der gelb gekachelten Wanne zusammen badeten, in die Seifenblasen blickten und uns vorstellten, in ihnen drinnen zu sein; die Shampooflasche, das Seifenstück treiben ließen wie kleine Boote über einen See. Plötzlich musste ich daran denken, wie er das Radio auseinandernahm, als er ganz klein war und noch nicht sprechen konnte, und die Einzelteile über den ganzen Wohnzimmerteppich verteilte; wie ich sie alle wieder auflesen musste, nachdem er ins Bett gebracht worden war. Und mein kleiner Bruder, nun in der Rolle des Schurken, der sich in drohender Haltung über mir aufbaute und einen langen, schwarzen, gezackten Schatten warf und das böse Gelächter ausstieß, das wir immer nachmachten aus den Zeichentrickfilmen, die jeden Samstagmorgen im Fernsehen liefen. Unser kleiner Scherz; seine Rache für all die Jahre, in denen ich ihn herumgeschubst, im Schwimmbecken untergetaucht hatte. Was für eine schreckliche Schwester ich war, wie ich den Altersunterschied ausnutzte, den Größenunterschied, und all die erfundenen Geschichten, die ich ihm erzählte: wie er mir jedes Wort glaubte. Wir verbrachten unsere gesamte freie Zeit miteinander, klebten aneinander, ganze Sommer unter Wasser im Schwimmbecken hinter dem Haus, die Haut an den Füßen verschrumpelt, die Fingerspitzen verschrumpelt, hüpften wild im Wasser auf und ab und schlugen Wellen, höher und höher, zogen uns hoch auf den Rand des Beckens und warfen uns wieder hinein, lachten und kreischten und hüpften wild herum und stellten uns vor, wir wären auf hoher See, Schiffbrüchige, im Rausch, und das Wasser schwappte über den Rand des Beckens und überschwemmte den Boden rundherum. Und dann hielten wir uns erschöpft an der Seitenwand fest, atmeten den Geruch der blauen Plastikplane in der Sonne ein und schaukelten mit den Wellen auf und ab, bis das Wasser sich wieder beruhigte, und dann zählten wir abwechselnd die Sekunden: Wer kann länger unter Wasser bleiben, wer kann mehr Bahnen schwimmen, ohne Luft zu holen, jedes Mal der Versuch, den Rekord zu brechen, bis unsere Lippen blau anliefen und unsere Augen vom Chlor rot und trübe waren. Immer war ich es, die die Regeln aufstellte, und manchmal änderte ich sie, gebieterisch, aus einer plötzlichen Laune heraus. Und hier lag mein Bruder auf dem Futon und schlief fest; das erste Mal, dass wir uns nach der Beerdigung sahen, seine erste Reise ins Ausland. Wie er meinen kaputten Staubsauger auseinandernahm und den Motor reparierte und ihn wieder zusammenbaute, wie er mein Fahrrad reparierte, doch das kam später. Wie ich mehrmals am Tag zum Laden gehen musste, um all die Lebensmittel anzuschleppen; seine Enttäuschung darüber, dass man nicht genau dieselben Produkte in genau denselben Packungen kaufen konnte wie bei Waldbaum's, eine Gallone Florida Orangensaft, Thomas' English Muffins. Und ich versuchte ständig, ihn dazu zu kriegen, etwas Neues auszuprobieren, Königsberger Klopse zum Beispiel; wir stritten uns vor dem Max und Moritz, ich erklärte, sie wären ähnlich wie Hamburger, nur besser, und er gab schließlich nach, mit finsterem, stummem Zorn. Wie sie ihm am Ende schmeckten und er seinen Widerstand völlig vergaß, seine störrische Weigerung, doch das kam später. Und nun waren wir wie zwei Waisenkinder, die vergessen hatten, mit Brotkrumen den Weg zu markieren, die sich verlaufen hatten im dunklen Wald und sich fürchteten, und ich dachte: Ich werde dich nie verlassen, ich werde dich beschützen, doch ich wusste, dass es nicht stimmte, ich wusste, dass er in ein paar Wochen wieder wegfahren würde und dass unsere magische Bindung etwas aus einer vergangenen Zeit war, als wir in unseren Badetüchern bibbernd auf der Treppe vor dem Haus saßen und unsere nassen Fußspuren auf dem Gehweg verglichen, die Größe unserer Füße, bis es dunkel wurde und die Glühwürmchen zu leuchten begannen, und die Sterne. Und dann redeten wir über die Zeit, über Zeit und Raum, und staunten über alles, darüber, dass man auf einer Kugel lebt, die sich im unermesslichen, leeren All dreht, und wie weit entfernt die Sterne waren, und wie alt das Universum, und ich erfand irgendeine wissenschaftliche Tatsache, ich erzählte ihm, ich wüsste, wie man die von anderen Planeten kommenden Lichtstrahlen bündeln könnte, wie man die Vergangenheit sehen könnte, wie im Fernsehen, und er glaubte mir, er glaubte mir jedes Wort.

Eisenbahnstrasse, und wie anders mir alles erschien, als Artie plötzlich da war, Raum einnahm und mein Atelier in ein verlagertes Stück Staten Island verwandelte, das jeden Tag immer größer wurde. Wie er eine Jeans einmal trug, ein Hemd einmal, und sie dann auf den Fußboden in eine Ecke warf und der Haufen höher und höher wurde, bis keine Jeans, kein Hemd mehr im Koffer war, und mein Bruder, der noch nie einen Waschsalon betreten, nie die mütterliche Waschmaschine bedient hatte, nie von zu Hause fort gewesen war, außer einmal, als er eines Tages ohne jede Vorwarnung weglief und, da er nicht wusste wohin, einen ganzen Nachmittag lang auf der Fähre hin und zurück fuhr, bis ein junger Mann im verblichenen Sweatshirt ihn fragte, ob er einen Platz zum Schlafen brauche, wer weiß, was der im Sinn hatte, aber Artie fielen früher solche Sachen nie auf. Wie ich ein paar Tage später einen Anruf von einem Freund erhielt, meinem ehemaligen Nachbarn aus der Wohnung unter mir; über ihm sei jemand zu Gast, ein junger Mann mit den gleichen Augen wie meine, sagte er. Er überredete ihn herunterzukommen und drückte ihm den Hörer in die Hand, und merkwürdigerweise war es tatsächlich mein Bruder, der von zu Hause ausgerissen und in der gleichen Wohnung gelandet war wie ich zwei oder drei Jahre zuvor, ein verrückter Zufall. Ich sagte, er solle kommen und bei uns in der Ninth Street wohnen, und rief meine Eltern an, um ihnen zu sagen, dass ihm nichts passiert sei, und er ging nach einiger Zeit wieder zurück nach Hause, und meine Mutter gab es auf, ihn zur Vernunft bringen zu wollen, und ließ ihn endlich in Ruhe. Später, nachdem ich nach Berlin gezogen war, die Schnappschüsse von Familienfesten, an denen ich nicht mehr teilnahm: Taufen, Geburtstagsfeiern, der Abschluss meines Bruders an der Polizeiakademie, in Uniform, und neben ihm sein Vater, mein Vater – war das wirklich der gleiche Mann? –, die Hand um Arties Schulter gelegt, stolz, dass endlich etwas Anständiges aus ihm geworden war. Ich nahm ihn mit, um ihm zu zeigen, wie gleich um die

Ecke ein Teil der Mauer abgerissen wurde, und versuchte ihm zu beschreiben, wie es vorher war, als die Welt dort endete, die Karte im Kopf dort endete und die graue Zone begann. Und plötzlich war die Phantasie meines Bruders beflügelt: das Dahinstürmen der Geschichte, wie die Welt sich plötzlich verändern kann, und ich fragte mich, ob der Futon wohl bis zum Abend trocknen würde, nachdem ich ihn in der Mitte schrubben musste, wo die Katze hingepisst hatte, aus Eifersucht vermutlich, denn ich hatte seit längerer Zeit keinen Übernachtungsgast mehr gehabt.

Eisenbahnstrasse. Die Fahrt nach Rügen, die wir unternahmen, und all die vorbeiflitzenden kleinen Trabbis, das Tuck-Tuck ihrer Zweitaktmotoren. Die Währungsunion war gerade in Kraft getreten; die Läden, übers Wochenende zur Inventur geschlossen und nun wiedereröffnet mit neuem Sortiment in den Regalen, einem neuen Glanz schüchternen Stolzes. Ein fabelhaftes Aufgebot mit dem Vierfarben-Zauber von Marketingstrategien, die für diejenigen, die noch nicht daran gewöhnt waren, eine magische, unwiderstehliche Anziehungskraft besaßen; die Ernüchterung, als schließlich klar wurde, wie verheerend die Folgen für das monatliche Auskommen waren, doch das kam später. Die Leere, die zurückblieb, nachdem mein Bruder abgereist war, das Gefühl der Unsicherheit; meine Kleider, die unter dem Hochbett hingen und aussahen, als warteten sie darauf, weggepackt zu werden, und wie heikel die Ordnung auf dem Schreibtisch plötzlich zu sein schien, alles wirkte irgendwie, als könne es von einem Moment zum anderen aufstehen und sich davonmachen. Dieses Leben von Miete zu Miete, Gewerberäume, und wenn ich ausziehen müsste, wohin würde ich gehen? All diese Bilder, zu groß, um sie in einer normalen Wohnung unterzubringen; *warum verkaufst du sie nicht einfach*, fragte Artie, und ich musste lachen; daran hatte ich noch nie gedacht. Und all die Bilder im Keller des Hauses auf Staten Island; wie er mir half, sie aus der Ninth Street zu holen, nachdem du die Wohnung aufgegeben hattest, nachdem du die Hoffnung aufgegeben hattest, dass ich je zurückkommen würde. Ich zitterte, als wir die riesigen Leinwände vorsichtig von ihrem Platz im Vorderzimmer durch die enge Parterre-Wohnung manövrierten, ihr Gewicht uns niederdrückte und sie auf uns zu fallen drohten; wir trugen sie eine nach der anderen rückwärts in den Hausflur, gib acht auf die Tür, gib acht auf die Kante des Spülbeckens, auf das Geländer im Treppenhaus, alles, was den Rücken der Leinwand zerreißen und sie ruinieren könnte. Wie sie einen Zentimeter zu hoch waren, um durch die Tür zu passen; wie wir sie kippen, sie diagonal durch die Öffnung schieben mussten und dabei den Türrahmen streiften. Und dann waren sie draußen, lehnten am Haus, alles, wofür ich die letzten Jahre auf der Hochschule gearbeitet hatte, hier, auf der Straße. Und inzwischen lagen die Sachen, die ich in Plastiksäcke gepackt hatte, alte Klamotten, Briefe, Rechnungen, verstreut über den Bürgersteig, jemand hatte in der kurzen Zeit, in der wir ein neues Bild herausgetragen hatten, die Säcke aufgerissen und sie durchwühlt. Ich stand da und starrte auf mein Leben, hier auf dem Bürgersteig, ein Teil hierhin, ein Teil dorthin getragen, wie Stofffetzen zum Einflechten in ferne Nester. Und die Rolle mit meinen Zeichnungen, die ich neben den Mülltonnen abgestellt hatte, verschwunden, aufgehängt vielleicht in irgendeiner Wohnung an der Lower East Side bis zum heutigen Tag, wer weiß. Wie wir den Bürgersteig kehrten, eine Plastikplane ausbreiteten und langsam eines der größten Bilder auf den rissigen Beton hinunter ließen. Ich pulte die Tackernadeln heraus, nahm den Keilrahmen ab und legte eine Papprolle auf die Rückseite der Leinwand, die nun da lag wie ein riesiger Fisch, dessen Skelett man fein säuberlich herausgenommen hatte. Wie wir begannen, die Leinwand aufzurollen, Artie auf der einen, ich auf der anderen Seite, und wie ich hörte, dass die Farbe zu brechen begann. Wie wir sie noch ein Stückchen weiter aufrollten, aufpassten, dass sie nicht zur einen oder anderen Seite abwich, und dann hörte ich ein weiteres Knacken, und dann noch eins, und wie ich keine andere Wahl hatte, als weiterzumachen, sie langsam aufzurollen, Zentimeter für Zentimeter, ein Knacken hier, ein Knacken da, kaum hörbar. Schließlich packten wir alles auf den Lastwagen und banden die Bilder, die noch auf Rahmen gespannt waren, fest, damit sie nicht umkippten. Und nun waren sie bereits seit wie vielen Jahren im Keller, hielten mich nachts wach; wie ich mich danach sehnte, dass alles wieder an einem Ort versammelt wäre, mein Bett und meine Kommode und die Lampe auf einem von Großmutters gehäkelten Zierdeckchen, das Klavier im Wohnzimmer und die zwanzigbändige World Book Encyclopedia im Bücherregal, alles an seinem Ort, dort, wo es früher gewesen war, als die Dinge im Haus schon immer da gewesen waren, für immer da bleiben würden, jedes Bild an der Wand, jedes abgenutzte Möbelstück, weggeschlossen und sicher verwahrt an einem Ort.

Ich schliesse die Augen und stelle mir vor, wie es wäre, dich verloren zu haben. Ein ungeheurer, dunkler Raum, und ich, schwebend, schwerelos, genau so, wie ich mir immer vorgestellt habe, ein Astronaut zu sein, wenn ich als Kind nachts im Bett lag, das Kissen bis tief in die Stirn gezogen und die Decke bis übers Kinn, und mir meinen Anzug ausmalte, meine Ausrüstung. Und ich sah mich selbst dahintreiben, und dann begann ich tatsächlich dahinzutreiben, und der Weltraum war so warm und behaglich wie die Decke, in die ich eingehüllt war, nicht dieses kalte, öde Gefühl, diese furchtbare Leere.

Fidicinstrasse, und die Nachbarn von oben, bei denen jedes Jahr ein neues Baby zur Welt kam. Ich wusste nie, ob es drei oder vier waren, doch eines von ihnen wurde immer schreiend im Hausflur gelassen, während Sabine die anderen hochtrug, wieso sie immer gerade dieses eine Kind zurückließ, erfuhr ich nie, doch das kleine Mädchen schrie und schrie und warf sich auf den Boden des Hausflurs, und dann öffnete Frau Chran ihre Tür und sagte, was für eine Schande es sei, Kinder aufzuziehen wie Zigeuner. Einmal ging ich hinaus und nahm sie auf den Arm und strich ihr das wirre Haar aus dem Gesicht, auf dem die Tränen Spuren im Schmutz hinterlassen hatten und der Rotz sich um die Nasenlöcher zu zwei dicken Krusten verhärtet hatte, und dann kam Sabine entrüstet die Treppe runter und nahm mir das Kind wieder weg. Und die Mutter-Kind-Gruppen am Nachmittag, mit sieben oder acht Kindern, die auf Dreirädern über die blanken Holzdielen rasten, ihr Spielzeug fallen ließen oder hinwarfen und johlten wie Cowboys, die ihre Lassos auswerfen, um das Vieh zusammenzutreiben; wie die Schwingungen von der bebenden Decke sich auf die Wände übertrugen bis hinunter zum Boden, bis alles vibrierte, was mit ihnen Kontakt hatte. Ich nahm mein Buch mit in die Küche, dann mit ins Bad, auf der Suche nach einer stillen Ecke zum Lesen, aber es nutzte nichts, die Dreiräder rollten kreuz und quer durchs Wohnzimmer und durchs mittlere Zimmer über mir, kreisten um die Möbel herum, während einige abbogen und den Flur hinunter, in Schleifen durchs Kinderzimmer und wieder zurück sausten. Schließlich saß ich da, die Hände auf den Schreibtisch vor mir gelegt, und spürte, wie sich das Beben von meinen Fingerspitzen zu den Handgelenken und hinauf bis zu den Ellbogen fortsetzte, mitvibrierte bei jeder neuen Erschütterung von oben, während die Kinder ihrem unbeirrbaren Kurs folgten. Oder das Trampolin: wie die Kinder auf und ab hüpften, auf und ab, und manchmal verloren sie das Gleichgewicht und landeten mit einem lauten dumpfen Schlag auf dem

Fußboden über mir, und dann konnte ich das metallische Summen in den winzigen Federn meiner Schreibtischlampe und das feine Geräusch von Mörtelstaub hören, der jedes Mal aus dem schmalen Loch um den Haken für die Deckenlampe rieselte und in der Mitte des Fußbodens ein kleines weißes Häufchen hinterließ. Und die andere Familie auf der gegenüberliegenden Seite des Hofes, eine andere Sabine mit vier Kindern, die ihre Wäsche draußen zum Trocknen aufhing, während ihr kleinstes Kind in Windeln im zugemüllten Hof herumwatschelte, diese Sabine, die wir mochten und die uns immer grüßte in ihrer robusten, fröhlichen Art. Wie wir sie oft von irgendwoher aus ihrer düsteren Wohnung brüllen hörten *Ihr bringt mich noch alle ins Irrenhaus!*, und wie wir uns nie etwas dabei dachten. Doch dann verschwand sie eines Tages, und ihr Mann begann einkaufen zu gehen, die Alditüten nach Hause zu tragen, die Fantakisten vom Getränkeladen um die Ecke, während der Sommer sich dahinschleppte, und dann begann ein neues Schuljahr, aber von Sabine immer noch keine Spur. Und dann betrat ich eines Tages einen Kopierladen irgendwo in einem anderen Teil der Stadt, und Sabines Mann kam mit einem riesigen Stapel Laserdruckpapier hinter dem Tresen hervor und murmelte eine vage Begrüßung, während ich wie angewurzelt dastand, weil ich ganz plötzlich nicht mehr sicher war, ob das tatsächlich Sabines Mann war, dieser Mann, den ich in den vergangenen acht Jahren fast jeden Tag gegrüßt hatte, aber immer im Vorbeigehen, immer im Hof, und hier war er nun, zum ersten Mal sozusagen aus dem Zusammenhang gerissen, und irgendwie sah er anders aus ohne Fanta, ohne die ausrangierten Kühlschränke und verrosteten Fahrräder im Hof, und ich bin auch keineswegs sicher, dass er mich erkannte. Eines Tages begegnete mir Sabine, wie sie die Fidicinstraße hinunterging, auf dem Weg zum Haus, eingepackt in einen dunklen Mantel und irgendwie kleiner wirkend, gebückt; sie ging mit raschen Schritten, die Augen zu Boden gerichtet, und schaute ab und zu mit verstohlenem Blick auf. Sie bemerkte mich, ich sagte Hallo, und sie lächelte ein unsicheres, fast entschuldigendes Lächeln; *was um Himmels Willen ist mit dir passiert,* wollte ich schreien, *bist du verrückt geworden, Sabine, du musst aus dieser Wohnung raus, den ganzen Tag lang kein einziger Sonnenstrahl,* ich wollte sie am Arm packen und irgendwohin schleppen, aber wohin. Wie wir dachten, Sabine sei nach Hause zurückgekehrt, doch dann sahen wir ihren Mann die Fanta, die Alditüten hineintragen wie üblich, und nie wieder hörten wir ihre Stimme aus dem Innern der Wohnung, und ihre Töchter fingen an sich aufzudonnern, vor dem Haus herumzulungern und unter dichten Schleiern Wimperntusche heiße Blicke aufblitzen zu lassen, während die älteren Jungs von der Straße vorbeigingen und grinsten.

Fidicinstrasse, und das geheimnisvolle Ticken, das von irgendwoher in der Wand kam, wie eine versteckte Uhr. Und der verrückte junge Mann, der mit seiner Mutter zusammenlebte, wie er spät am Abend Hilfe, Hilfe rief, manchmal stundenlang und immer mit der Betonung auf der zweiten Silbe, immer im gleichen leiernden Rhythmus, Hilfe, Hilfe. Das erste Mal, dass ich ihn durch die Hecke sah, auf der anderen Straßenseite, ging er rückwärts neben seiner winzigen weißhaarigen Mutter her und trug eine Alditüte in der Hand. Der Schock, als ich entdeckte, einige Zeit später, dass sie auf der anderen Seite unserer Schlafzimmerwand lebten. Wie er eine ganz andere Qualität bekam, dieser unablässige Singsang, der immer so unwirklich gewesen war, wie aus einer fremden Welt, einer fremden Wirklichkeit, ja, gleich auf der anderen Seite der Wand. Und das Ticken, manchmal, manchmal nicht, und wir lagen im Bett und lauschten, fragten uns, was das wohl sein könnte, diese geheimnisvolle, unregelmäßig tickende Uhr, könnte es eine Maschine sein, nein, könnte es ein Balken sein, der sich zusammenzieht, oder ein Rohr. Manchmal, wenn wir wach im Bett lagen, Stunden später, begann das Schreien von Neuem, Hilfe, Hilfe, kaum hörbar zuerst, dann zunehmend lauter, *Hilfe, Hilfe*, und immer diese Betonung auf der zweiten Silbe, immer dieses schreckliche Gleichmaß. Als ich es zum ersten Mal hörte, wann mag das gewesen sein, sprang ich aus dem Bett und rannte zuerst zu einem Fenster, dann zu einem anderen; ich dachte daran, die Polizei anzurufen, dachte daran, auf die Straße hinauszurennen, doch dann zögerte ich, das Schreien war viel zu monoton, um das Schreien eines Menschen zu sein, der einer plötzlichen Gefahr ausgesetzt ist, plötzlich Hilfe braucht. Diese Gefahr hielt an, die Hilfe, die hier gebraucht wurde, würde nie kommen. Ich lag im Bett, lauschte manchmal seinem Singsang, im Dunkeln, voller Angst, doch wovor, und fragte mich, ob du schliefst, fragte mich, ob ich dich wecken sollte.

Fidicinstrasse, und die Koffer, die in der Küche standen und darauf warteten, über das holprige Pflaster des Hofes hinausgerollt zu werden. Das ungute Gefühl im Magen, nachschauen, ob mein Ticket noch da war, ein weiteres Mal nachschauen, ob mein Pass noch da war, die Schlüssel zum Gepäck, die Schlüssel zum Atelier: Was könnte ich sonst noch brauchen? Und was, wenn die Koffer verloren gehen? So viele Flughäfen, so viele Momente des Ankommens, der Abreise, Taxifahrten und gestrichene Flüge und Telefonanrufe bei Fluggesellschaften, und jedes Mal den Tränen nahe, jedes Mal mein Unvermögen, zu einem lebenden menschlichen Wesen durchzudringen, nur eine Stimme vom Band, begleitet vom jubilierenden Gesang eines Chores. Wie anstrengend es war, zu verstehen, welche Nummer ich drücken musste, und irgendwie verpasste ich jedes Mal den richtigen Augenblick, nun gezwungen, mir die gesamte Kundendienstansage, die Musik noch einmal anzuhören: einmal, zweimal, immer wieder von vorn, wie auf irgendeinem bizarren Karussell, das schwindelerregende, wahnsinnig machende Kreisen des Hintergrundrefrains in meinem Kopf, gesungen von inbrünstigen Falsettstimmen, die drei Oktaven bis zu einem triumphalen Finale emporstiegen. Und versuchte ich mir nicht immer vorzustellen, wer diese Leute waren, diese singenden Engel in der Höhe, wer diese Frau mit ihrer aufdringlich vertraulichen Stimme war, irgendwie bekannt und doch vollkommen unwirklich. Ich presste das Telefon fest ans Ohr, sodass die Tasten einen schmerzhaften Abdruck auf meiner Wange hinterließen, zog es dann rasch wieder weg, wenn *drücken Sie jetzt die Eins, drücken Sie jetzt die Zwei* kam, und immer die Sorge, dabei irgendeine andere, entscheidende Information zu verpassen. Im Zweifel, ob ich alles richtig verstanden hatte, und plötzlich umgeleitet zu einer anderen Ansage auf Band – dennoch war es immer das gleiche Lied, vielleicht begonnen an einer anderen Stelle der Melodie, aber immer die gleiche himmlische Symphonie, zerhackt in segmentierte Sequenzen und unvollkommen wieder zusammengestückelt, wie durch einen Sprung in der Zeit.

Eine plötzliche Erinnerung am folgenden Tag, und mir wird schlagartig bewusst, dass ich versäumt habe zu sagen, was ich mir vorgenommen hatte. Ich höre mich beginnen, höre, wie meine Worte mich woanders hinführen; und als ob etwas in mir das Warnsignal auf den nächsten Morgen umgestellt hätte, erinnere ich mich auf einmal an genau den Moment, in dem ich einen letzten Umweg einschlug, es mir nicht gelang, das Wichtigste von allem auszusprechen, einen Ausdruck kurzzeitiger Verwirrung auf deinem Gesicht bemerkte und den Faden meiner Erzählung verlor.

Kent Avenue, und der Nebel, der sich auf die Stadt herabsenkte und die Feiern zur Jahrtausendwende in eine dichte Decke kalten Dunstes einhüllte. Die Party in der North Tenth Street: Ich hielt meinen Drink in der Hand wie die Zügel eines Tieres, das sich losreißen will, stand in der Ecke und sah den Leuten beim Tanzen zu. Sie wissen gar nicht, was sie von sich preisgeben, dachte ich; sie tanzen und imitieren Bewegungen, die sie im Fernsehen gesehen haben, und wissen nicht, was sie von sich preisgeben. Der Pole, der vor ein oder zwei Stunden mein Glas mit Wodka gefüllt hatte, tanzte jetzt ebenfalls; wie er ständig beide Arme hoch in die Luft warf, als habe er gerade irgendeine Meisterschaft gewonnen, sich in Halbkreisen drehte und einem unsichtbaren Stadion jubelnder Fans zuwandte, zuerst zur einen Hemisphäre hin, dann zur anderen. Und wie ich dastand, ihm zusah und an einen Film dachte, den ich kürzlich im Flugzeug gesehen hatte, über zwei Verbrecher, die einen Fehler im System aufspüren und in die Datenbank einer Geheimdienststelle oder irgendeines großen Finanzzentrums eindringen und etwas in den Computer eintippen, exakt in dem Moment, als die Uhr auf Null springt. Bilder von abstürzenden Computersystemen, abstürzenden Flugzeugen, abstürzenden Aktienmärkten, das gesamte apokalyptische Szenario, das dem kollektiven Bewusstsein bereits seit Wochen eingehämmert worden war. Und dann die Beklommenheit beim Rückweg am Wasser entlang, meine Hand hielt die Schlüssel in der Tasche umklammert, meine Zähne klapperten vor Feuchtigkeit und Kälte. Und als ich am Haus eintraf, all die Leute, die kamen und gingen, lachten, wankten, all die draußen vorfahrenden Taxis, all die im Aufzug, im Flur, in den Toiletten herumliegenden Flaschen, und überall Lachen von verschüttetem Bier, gesprenkelt mit durchweichtem Konfetti. Wie ich zuerst bei einer Party im elften Stock vorbeischaute, dann bei einer im neunten Stock, und wie ich jedes Mal in einer Ecke stand und den Leuten beim Tanzen zusah. Und wie ich schließlich in meine Etage einen Stock tiefer zurückkehrte und eine Flasche Whiskey öffnete, während die Party nebenan weitertobte. Eine Weihnachtslichterkette, die an den Fenstern hing, und ein Nebel, so dicht, dass er die Skyline und die Brücken vollständig verschluckte. Ich trank die Flasche aus und zog nach nebenan, wo die amourösen Abenteuer bereits in vollem Gange, die Flirts von vor ein paar Stunden ein bisschen in Schräglage gekommen waren, mit verschliffener Sprache und verschmiertem Lippenstift und einem verschütteten Drink hier und da, einem nassen Kleid. Und meine Nachbarin, Tochter eines amerikanischen Soldaten und eines schwäbischen Fräuleins, die benommen in Kreisen herumtanzte und ihre Arme um jeden schlang, mit dem sie zufällig zusammenstieß; wie reserviert sie immer war, wenn ich ihr im Aufzug begegnete mit ihrem unter dem Kinn festgeschnallten Fahrradhelm, und wie anhänglich sie wurde, wenn sie betrunken war, die paar Brocken Deutsch ausprobierte, die sie kannte, und mich Beifall heischend anstrahlte. Irgendwann ging ich wieder heim, zog den Stecker der Lichterkette und kroch ins Bett, während die Party nebenan sich in die Länge zog; wie ich ohne Hoffnung auf Schlaf in der Dunkelheit lag und in den undurchdringlichen Nebel hinausblickte, in dem sich leuchtende Sphären um die Straßenlaternen scharten wie böse Gerüchte um die Ahnungslosen. Und wie ich trotzdem einschlief und dann ein paar Stunden später mit hämmerndem Kopf und einem bitteren Geschmack auf der Zunge erwachte und feststellte, dass die Sonne herausgekommen war und der Nebel sich aufgelöst hatte und alles noch da war, wo es sein sollte: die Brücken, die Türme, unbesiegbar und unausweichlich wie der Morgen.

Kent Avenue. Der kahle Raum, der überwältigende Ausblick. Unter der Decke entlang laufende Rohrleitungen, Fenster über die gesamte Vorderfront; draußen die Betonfabrik und der Brooklyn Navy Yard und in der Ferne die stetige Prozession von Lichtern, die sich über die Manhattan Bridge und den Franklin D. Roosevelt-Drive hinaufbewegten. Wie ich alle Lampen im Atelier löschte und im Dunkeln saß, hinausblickte auf die Stadt, in der ich geboren war, in der meine Mutter geboren war, mein Vater geboren war – und eine Großmutter, ein Großvater, doch da endet die Spur, verliert sich in dem Moment, wo sie wieder die Küsten des alten Kontinents berührt. Wie ich Großmutters Sessel aus dem Keller schleppte, wo er seit zwanzig Jahren, fünfundzwanzig Jahren im Dunkeln gestanden hatte, ihn am Kofferraum des Autos meiner Mutter festschnürte und nach Brooklyn fuhr; doch das kam später. Ich schüttelte den Polsterbezug am Fenster aus, schüttelte die Krümel des Schaumstoffs aus, der nach all den Jahren spröde geworden und in Auflösung begriffen war; der kunstvoll eingenähte Reißverschluss, dieser komische Stoff mit dem Postkutschenmotiv, wieso hat niemand von uns je nähen gelernt, irgendwann gab es für diesen Sessel mal einen kompletten, perfekt passenden Schonbezug mit einem kleinen steifen Volant am unteren Rand und Paspeln an sämtlichen Nähten. Ich schüttelte den Polsterbezug am Fenster aus und schaute zu, wie die orangefarbenen Krümel des maroden Schaumstoffs von einem Luftstrom erfasst wurden, der vom Fluss heraufblies, wie sie schwebten und im Schrägflug bis ganz nach unten auf den Boden segelten; und dann entglitt mir der Bezug und fiel die acht Stockwerke hinunter auf die Straße. Und da lag er, dieser Bezug mit dem Postkutschenstoff, mitten auf der Kent Avenue, und ein Lastwagen fuhr über ihn hinweg, und dann noch einer; doch das kam später. Und daran zu denken: wie Großmutter all die Jahre in ihrem Sessel saß und häkelte, im oberen Stockwerk, im Haus auf der anderen Seite des Hafens, bevor der Stoff verschlissen war, bevor ihre Möbel hinunter in den Keller getragen wurden und oben die ersten Mieter einzogen, dort wo einst Sumpfland gewesen war, vor Jahrhunderten trockengelegt von holländischen Siedlern. Und daran zu denken: dass dieses Gebäude existiert hat, dieses Fenster die ganze Zeit existiert hat, gewartet hat, dass der Metallgriff am gusseisernen Fensterrahmen, hier, jetzt, direkt vor mir, geöffnet und geschlossen von so vielen Händen, so viele Jahre lang, auf mich gewartet hat, auf diesen Moment gewartet hat, auf Großmutters Sessel und die orangefarbenen Krümel von altem Schaumstoff, zu sehen vom Brooklyn-Queens-Expressway in der Nähe der Ausfahrt Flushing Avenue, inmitten einer Landschaft aus Lagerhäusern und Wassertürmen und Gerüsten mit riesigen Neonschildern. Und nun saß ich an diesem Fenster mit einer unbestimmten Zeitspanne vor mir, sechs Monate, ein Jahr, und dann sah ich es zum ersten Mal, das Elektrizitätswerk, in dem du gearbeitet hast, als wir klein waren, bevor du nach Kips Bay versetzt worden bist. Du, und du. Wie kommt es, dass ich es nicht vorher gesehen habe, wie kommt es, dass es beim Namen der Straße nicht geklingelt hat, Kent Avenue: der weit entfernte Ort, wo du jeden Tag hinfuhrst, von dem du jeden Tag heimkamst, der mythische Klang, den er einmal besaß, und bloß ein Wort, die Art, wie du es aussprachst; vergangene Zeiten.

Kent Avenue, und alles auf die unentbehrlichen Dinge des Alltags reduziert: ein Bett, ein Schreibtisch, ein Waschbecken, ein Gasherd, ein Kühlschrank. Ein ansonsten leerer Raum mit ein paar Kleidungsstücken, ein paar Büchern, meinen Koffern, aufgereiht unter der Sperrholzplattform des Hochbetts, diesen drei gewaltigen Koffern auf Rädern. Wie Kati die Jungs von Rigo dafür bezahlt hatte, den Boden mit Kunstharz zu versiegeln, wie er aus irgendeinem Grund nie richtig haftete und wie er dann, als sich mehr und mehr Stücke vom Beton lösten, bleich und milchig wurde, bis es mir vorkam, als ginge ich auf einem Belag aus brüchigem Papier. Und eines Tages begann ich, ein Loch hineinzupulen und daran zu reißen, bis sich schließlich ein ganzes Stück ablöste, und als ich es umdrehte, entdeckte ich eine perfekte Matrize des Bodens, einen detailgenauen Abdruck der narbigen Betonoberfläche. Wie ich einen Monat lang die alten Ölflecken schrubbte und den Beton mit einer säurehaltigen Lösung abätzte; wie ich eine Imprägnierung auftrug und dann eine abschließende Versiegelung, und wie jeder mich für verrückt hielt, ich mit meinem Fußboden-Fetisch, die einen Monat lang kratzend und schrubbend auf allen Vieren herumrutschte und von nichts anderem sprach. Die Reflexionen der Abendsonne, die schräg über die Längswand wanderten, die Rückwand entlang, wässrige, wellige Reflexionen, die durch die alten Glasscheiben geworfen wurden und ein Gitter leuchtender, orangefarbener Trapezoide auf die Wände und die dort angeklebten Gipsabdrücke projizierten, kleine weiße Halbkugeln, die ich in ein altes Diaphragma gegossen hatte und die hart geworden waren. Alles, was ich mitgebracht hatte, wurde in zwei Metallschränke gepackt, Dia-Kästen und Kataloge und Dokumentationsmaterial für das Projekt, an dem weiterzuarbeiten ich mich nicht durchringen konnte; wie geschmeidig die Rollschubläden aufglitten, wie endgültig das Geräusch von Metall auf Metall, wenn sie sich schlossen. Ich stand oft im leeren Raum und stellte mir vor, hinter dem Gasherd eine kleine halbhohe Wand zu bauen, stellte mir vor, eine Toilette zu installieren, damit ich nicht mehr bis ans Ende des Flures laufen musste, doch ich baute die halbhohe Wand nie, installierte die Toilette nie, stand immer nur im Raum, betrachtete das sich verändernde Licht, schaute aus dem Fenster und träumte, während die Reflexionen des Abends still über die Wand krochen und der letzte glühende Sonnenfleck schließlich hinter den Häusern verschwand.

Jeder in seiner eigenen Welt, seinem eigenen persönlichen Universum, all diese imaginären Räume und Landschaften, die in den Köpfen der Leute existieren, koexistieren, kollidieren. Schau dich um und sieh dir den Ausdruck auf den Gesichtern der Leute an, ihre abwesenden Augen: Sie alle sehen etwas, das nicht da ist, die Frau am Tisch in der Ecke zum Beispiel, die vor ihrem kalt werdenden Kaffee sitzt und auf irgendeinen Fixpunkt im Raum vor sich starrt, bloß auf was, was sieht sie, nichts ist da außer dem leeren Raum, einem Schirmständer, einer Wand. Und doch entfaltet sich jetzt, in diesem Moment, eine vollständige Szene vor ihren Augen, sichtbar für sie, für sie allein, flimmernde Flecken Sonnenlicht, die durch leuchtend grüne Blätter funkeln, eine Hand, die ausgestreckt wird, um eine Haarsträhne aus dem Gesicht eines Geliebten zu streichen. Oder die Frau da drüben, die andere, kannst du nicht am Ausdruck ihrer Augen ablesen, dass sie rechnet, etwas zusammenzählt in einer der vielen unbarmherzigen Kalkulationen des Lebens: wie viel Zeit sie braucht, um zum Lebensmittelladen und zurück zu gehen vielleicht, oder wie viele Male sie betrogen worden ist.

Kent Avenue; ich entfernte die fettigen Fingerabdrücke vom Fensterglas, fegte den Dreck vom schmalen Sims darunter und schaute zu, wie er unten auf die Straße fiel. Wie es einige Wochen dauerte, bevor das ganze Glas zugeschnitten und in die Lücken der Fensterfront eingefügt war, sechzig Glasscheiben, und alle mit leichten Größenunterschieden, ein, zwei Millimeter, Stapel von Glasscheiben aufgereiht entlang des Korridors, jede versehen mit kleinen Zetteln, angeklebt mit Tesafilm. Wie ich mich bückte, die dünne Schicht Sägespäne abwischte und in ihren grün schillernden Raum spähte, ihr Unterwasserreich. Das Brummen der Lastwagen hielt mich in diesen ersten paar Wochen nachts wach, riesige Lastwagen, die unten vor dem Eingang von Certified Lumber parkten, ihre laut grollenden Kühlaggregate und die Fahrer, die hinten in den Kabinen ihren Schlaf nachholten, und ich stand dann oft wieder auf und betrachtete den Fluss, die Skyline mit ihren Hunderttausenden funkelnden Lichtern, wartete auf den Moment, wenn die ersten Strahlen Morgenlicht auf eine bestimmte Fassade trafen und sie in Brand setzten, lange bevor am Horizont die Sonne ihren Auftritt hatte, und eine kleine Gruppe abgerissener Männer sich an der Ecke sammelte und wartete, dass ein Mann mit Kippa herauskam und einige von ihnen auswählte, falls es an diesem Tag irgendwelche Verladearbeiten gab. Wie das Zentrum der Reflexion sich im Laufe der Monate allmählich verschob, die frühen Sonnenstrahlen erst ein Gebäude und dann eine Woche später ein anderes aufleuchten ließen, wie ein modernes Stonehenge. Und am Nachmittag, wenn ich an meinem Schreibtisch saß und aus dem Fenster all diese Oberflächen aus Stein und Metall und Glas betrachtete, ertappte ich mich bei dem Gedanken, welch eine feindselige Umgebung dies war, feindselig gegen den menschlichen Körper, und die Stadt bekam in diesen ersten paar Wochen etwas Bedrohliches für mich; mir war, als hörte ich das Geräusch von Tausenden und Abertausenden Füßen, die die Schwachen und Müden ins Pflaster trampelten, wie gefallenes Laub auf einem schlammigen Pfad. Gebäude, die unsichtbare Energie aussandten, zahllose, sich durchkreuzende und überlagernde Wellen elektromagnetischer Felder und Signale; wie ich in einer Ecke der Fabriketage auf dem Boden hocken musste, um ein Telefonat zu führen, ohne zugleich einen der Radiosender zu empfangen, die die Antenne auf dem World Trade Center übertrug, und wie der Verdacht in mir aufstieg, dass selbst die Metallfüllungen in meinen Zähnen auf irgendeine Wellenlänge reagierten, denn sie taten während meines gesamten Aufenthalts weh, doch das kam später.

Kent Avenue, und hoch oben die Helikopter auf ihrem Weg zum Flughafen, immer flogen sie direkt über das Gebäude, jeder Diplomat oder Staatschef, der New York verließ, quasi nur einen Steinwurf entfernt. Sie hätten ohne Weiteres auf dem Dach landen können; es war breit und flach und höher als die übrigen Gebäude in der Gegend. Stell dir vor, drei Treppen zum Dach hochzusteigen, in einen Helikopter zu klettern und weg zu sein. Guten Morgen, Mr. Arafat. Wie wir eines Nachts in der beißenden Kälte auf dem Dach saßen, um uns die Mondfinsternis anzuschauen, und wie der Mond hinter einer Wolke verschwand; wir saßen eng aneinandergeschmiegt in einen riesigen Mantel gehüllt und warteten, dass der Mond durch eine Wolkenlücke wieder auftauchen würde, den Blick fixiert auf eine bestimmte Stelle am Himmel aus Angst, ihn zu verpassen, und dann tauchte er wieder auf, rötlichbraun und mit einem perfekten silbernen Ring, und wir betrachteten ihn, bis er wieder verschwand, saßen eingehüllt in den alten Mantel mit dem Pelzkragen, den ich für fünfzehn Dollar um die Ecke erstanden hatte, der Mantel, den du auf dem Weg zu Floras Zahnarzt in Chinatown trugst, nachdem du am Nachmittag deiner Ankunft mit Zahnschmerzen im Bett gelegen hattest, der Mantel, in dem ich für die Töchter meiner Schwester eine Pennerin spielte, zusammengekauert auf dem Fußboden neben einer Mülltonne in der Staten Island Mall, und meiner Schwester ein Zeichen gab, mich nicht zu verraten, doch das kam später. *He, Mädels, habt ihr mal ein bisschen Kleingeld?* Ein kurzer Moment verdutzter Freude und dann, die Gesichter abwendend, Verlegenheit: eine offensichtliche Fehleinschätzung meinerseits. Wir zogen den Mantel eng um uns, den Kragen hochgestellt gegen den beißenden Wind, und dachten darüber nach, dass der exakte Moment dieser Konjunktion, quer durch all diese Millionen Meilen Weltraum, eine bekannte Größe ist, ebenso wie der Zeitpunkt der nächsten Finsternis und der danach, so einfach wie ein paar Billardkugeln auf einem Tisch. Sich selbst wahrzunehmen als Teil dieser perfekten Fluchtlinie, den Sog der Achse zum verdunkelten Mond hin zu spüren und zurück, jenseits der Erde bis zur Sonne, als wären sie plötzlich irgendwie näher, als wäre man hineingeraten in die Bahn eines riesigen und überaus wachsamen Auges.

Kent Avenue. Die runzlige Stelle auf dem Boden im Korridor von dem Nachmittag, an dem Lillian und ich eine Weile geredet hatten, Lillian mit ihrem an der Hosentasche festgeklemmten Handy, die eine Pause machte vom Abdichten der Duschkabine, und ich, an die neu hochgezogene Wand gelehnt, die überlegte, ob die Farbe des Fußbodens nicht doch zu pink geraten war. Wie ich plötzlich spürte, dass die gehärtete Oberfläche der Farbe unter meinen Füßen nachgab und sich ein wenig verschob über einer weicheren Schicht, die noch nicht ganz getrocknet war. Und später, wie viele Male ich dagestanden und die Stelle angestarrt habe, wenn ich am Morgen darauf wartete, dass Henry oder André in einer Dampfwolke aus dem Bad kamen; wie ich mein Handtuch und Shampoo festhielt und *guten Morgen* murmelte, während ich aufsah von dieser runzligen Narbe im Fußboden, der seither unzählige Male gewischt worden war, was jedes Mal einen feinen Schmutzfilm hinterließ, der sich im filigranen Runzelmuster ablagerte. Und jedes Mal sah ich Fetzen eines Traums die Bahnen des Musters entlang wandern, bis die letzte Spur Schlaf entschwunden war, und später, nachdem ich mit der Morgenroutine der Etagenbewohner vertraut war, fing ich an, zum Duschen aufzustehen, wenn die Sonne gerade über Brooklyn aufging, ein bisschen gequetscht am Horizont, wie eine überreife Orange, die vom Tisch gefallen war. Jedes Mal, wenn ich durch den Korridor ging, wurde mein Blick angezogen von diesem Fleck, und obwohl er nichts weiter war als das belanglose Zeugnis einer beiläufigen Unterhaltung, folgte ich seinem allmählichen Dunklerwerden mit einer seltsam bangen Ahnung, als wäre etwas Bösartiges eingekapselt in diesem Moment, im Bild von Lillians freundlichem Lächeln, im Geräusch des Trockners am Ende des Korridors, dem Klack-klack eines Reißverschlusses, der gegen die Innenwand der sich drehenden Trommel schlägt, oder dem Geruch von warmer, feuchter Wäsche. Jeden zweiten Abend säuberte ich das Flusensieb, pulte die weiche, dicke Fusselschicht vom Plastiknetz und versteckte sie in einem der metallenen Aktenschränke mit einem sonderbaren Gefühl der Indiskretion, einem sonderbaren Gefühl, etwas gestohlen zu haben, aber was, es war nichts weiter als die gesammelten Flusen der Bewohner der achten Etage. Und später rollte ich sie zu winzigen Kugeln, tauchte sie in verdünnten Leim und ließ sie vor den Fenstern trocknen. Wie ich kleine Arsenale dieser grauen und bläulichen Kugeln anlegte, geädert mit einzelnen verschiedenfarbigen Fäden und hier und da einem Haar, winzige gewichtslose Kanonenkugeln, die ein hohles Geräusch machten, wenn ich damit an die Tischkante klopfte, und wie dieses Gefühl, etwas gestohlen zu haben, nicht wegging, oder jedenfalls nicht ganz, und ich drehte die kleinen Kugeln zwischen meinen Fingern, dachte an all die in ihnen verborgenen Geheimnisse und fragte mich, was es bedeutete, eine Diebin zu sein.

Du, und du. Wir saßen im alten Peugeot; plötzlich drehtest du dich zu mir, um eine Frage zu stellen, und das Gesicht eines anderen tauchte auf, dort, anstelle von deinem, intensiv und flüchtig. Und die Dämmerung, ein tiefblaues Leuchten, das den Tag nicht loslassen wollte, stundenlang verweilend. Und manchmal ein gespenstisches orangefarbenes Licht bei Sonnenuntergang, wenn die Gesichter der Passanten von innen heraus zu glühen, in ihrem ganzen Sein zu brennen schienen. Dieses andere Gesicht, eine vorübergehende Halluzination: ein anderes Du, jahrelang, doch dann eines Tages nicht mehr.

Ninth Street, und der Duft von Hühnchen im Backofen. Wie du es liebtest zu kochen, eine Art Eitelkeit entwickeltest und mit deinen Rezepten angabst. Und nur ein Jahr zuvor hattest du bloß eine Dose Campbell's Champignoncremesuppe mit schwarzem Pfeffer und gehacktem Schnittlauch abgerundet und das Kochen genannt, doch was wusste ich schon, ich aß noch Kartoffelchips und Baby Ruth-Schokoriegel und wusste kaum, wie man ein Ei kocht. Die Matratze, die wir im Schaumstoffladen an der Houston Street kauften; worauf schliefen wir davor, war es das Bett, das ich mitnahm, als ich von zu Hause auszog, Großmutters Vier-Säulen-Bett – ich kann mich nicht erinnern. Und ihr Überseekoffer, verstaut unter der schweren Eichenkommode, die auf vier Blechdosen stand, um den Koffer unterzubringen. Laura staunte über die Platzersparnis, als wären diese vier Tomatendosen irgendwie ein Anzeichen von Genialität. Eine winzige Wohnung vollgestopft mit Leinwänden und alten Möbeln, wie eine Art heruntergekommene Aussteuer; du hast immer die Rolling Stones aufgelegt und falsch mitgesungen, dieses kleine verschmitzte Kräuseln in einem deiner Mundwinkel. Ich kann dich fast vor mir sehen, wenn ich jetzt über die Dächer der Häuser und auf den Alexanderplatz in der Ferne schaue, einen Brief lese, den du mir vor zwanzig Jahren geschrieben hast, und ergriffen werde von dem dringenden Wunsch, auf eine Bitte zu antworten, die ich zuvor niemals ganz begriffen hatte: die Zeit zurückdrehen und dich trösten, in genau dem Moment auftauchen, in dem du mich am meisten brauchtest. Ständig schleppte ich irgendetwas nach Hause, das ich auf der Straße gefunden hatte, alte Fenster, Sperrholz, das ich auf Leinwände schraubte und übermalte. Das köstliche Gefühl, wenn preußischblaue Ölfarbe in die Ritzen im Korbgeflecht eines ausrangierten Stuhlsitzes eindrang; Kadmiumrot über einem glatten Quadrat aus geprägtem Blech von einer alten Zimmerdecke. Die Straßen waren eine endlose, unerschöpfliche Materialquelle, und unsere Leben lagen stumm vor uns, und ich frage mich, was hätte ich wohl gedacht, hätte ich irgendetwas von dem gewusst, was noch kommen sollte, hätte ich all das durchmachen wollen, bloß dem Klang der Dinge nach, wäre ich imstande, diese frühere Version meiner selbst mit einem geschönten Bericht zu verleiten, der die Glanzpunkte, die Abenteuer hervorhebt und die Enttäuschungen auslässt, die Niederlagen. Manchmal stiegen wir die sechs Treppen zum Dach hinauf, um auf die Kronen der Ulmen im Park zu blicken und in die oberen Stockwerke des Christodora Buildings, das damals noch eine Ruine war, noch nicht umgewandelt in luxuriöse Eigentumswohnungen mit livriertem Portier am Empfang; die Fenster waren kaputt und die Innenräume verwüstet, lange bevor der Bürgermeister an jeder Ecke einen Polizisten postierte und die Drogendealer schließlich in die Randbezirke vertrieb, bevor er am Times Square aufräumte und ich weiterhin Kerstin von der Arbeit abholte und sie auftauchte aus einer der Kabinen, in Netzstrümpfen und gigantischen hochhackigen Schuhen von der Sorte, die Transvestiten in Spezialgeschäften kauften, Größe 44, doch das kam später. Kerstin war kein Transvestit, bloß eine langbeinige Malerei-Studentin aus Berlin, die sich durchs Studium brachte, indem sie jeden Sommer in einer New Yorker Peepshow arbeitete, mit einer struppigen blonden Perücke, einem schwarzen BH, den ich ihr geliehen hatte, und wachen, vor Spott über ihre verzweifelten Kunden blitzenden blauen Augen. Und dann erklärte mir Kerstin, wie wichtig es war, die Kontrolle zu behalten, zu bestimmen, wo's langgeht, und ich staunte darüber und über meine eigene Unfähigkeit, die Machtverhältnisse in einer konkreten Situation zu entziffern, doch Kerstin blieb ungerührt, Kerstin fixierte ihr eigenes Bild im Einwegspiegel, ließ die Finger leicht unter dem Gummiband ihres Höschens nach unten gleiten und leckte die Fingerspitzen ab, gleichgültig gegenüber dem unsichtbaren Mann auf der anderen Seite des Glases, der gewissermaßen sich selbst überlassen war, darauf reduziert, zu seiner Befriedigung zu kommen in einer kleinen stickigen Kabine, die, obwohl vom Reinigungspersonal regelmäßig abgewaschen, immer klebrig war von den Ejakulaten der zahllosen Kunden vor ihm; der gefaltete Dollarscheine durch einen kleinen Schlitz schob, während Kerstin ihre Brüste wie saftige Früchte ans Glas hielt und ihre Zunge über die Oberlippe gleiten ließ. Vermutlich mussten manche von ihnen sieben oder acht Dollar zahlen, um sich Erleichterung zu verschaffen, andere zwölf oder sogar fünfzehn hinblättern, das Geld in der einen Hand und das unkooperative Glied in der anderen, und ich hing im Vorraum rum und wartete, bis Kerstin sich das Rouge von den Wangen gewischt und wieder ihre Straßenkleidung angezogen hatte, und plauderte mit den anderen Frauen, die barbusig und grell geschminkt, aber freundlich waren, sich ihr Brot ehrlich verdienten, wie ich bald erfuhr, ihre Kinder mit Essen und Kleidung versorgten, weil Ehemänner oder Väter fehlten oder sie nicht die Kraft hatten, sich von saufenden, schlagenden, verzweifelten Männern zu lösen. Es gab einen fetten, umgänglichen Typen namens Ronny, der dafür sorgte, dass die Kunden die Frauen nicht belästigten und sie an der Tür abfing, wenn sie nicht zahlten; ich kam nie auf die Idee, dass er wahrscheinlich eine Waffe trug. Und dann nahm Ronny mich eines Tages zur Seite und bot mir eine der Frühschichten an, *du kannst gutes Geld verdienen, Kleine, und keiner wird dich je anfassen.* Ich werd's mir überlegen, schien mein Lächeln ihm zu sagen, doch ich wusste, dass ich mich niemals auf die Art von unbegrenzter Anonymität verlassen konnte, die Kerstin in New York gefunden hatte und die den stetigen Strom von Männergesichtern für sie irgendwie unwirklich machte. Und ich wusste, so unwahrscheinlich es scheinen mochte, und während ich versuchen würde, dabei selbst zumindest bis zu einem gewissem Grad auf meine Kosten zu kommen, eines Tages würde jemand, mit dem ich zum Beispiel zur Highschool gegangen war, auf der anderen Seite des Glases sitzen, nicht wahrnehmbar für mich, doch mich beobachtend, mich aufmerksam beobachtend, zunächst vielleicht ohne sich sicher zu sein, doch schließlich, zwangsläufig, würde er in mir die linkische, gescheite Mitschülerin wiedererkennen, die ihm Nachhilfe in Differenzialgleichungen gegeben und, wie ihm nicht entgangen war, ab und an heimliche Blicke zugeworfen hatte von der anderen Seite des Klassenzimmers, wenn sie dachte, er schaut nicht hin.

Ninth Street; wie Dibbs am Tag unseres Einzugs vorbeikam, um uns einen Kostenvoranschlag für Fenstergitter zu machen, doch dann bauten wir stattdessen große Läden aus Sperrholz, schraubten die Scharniere tief in die Wand und schnitten einen Querbalken zu, um die Wohnung zu verbarrikadieren. Und Phil, der draußen auf dem Gehweg stand und uns zeigte, wie leicht es war, ein Messer zwischen die Läden zu schieben und den Balken aus der Halterung zu beiden Seiten zu ruckeln. Also klebten wir eine Deckleiste über den Spalt und schraubten sie fest, hörten aber ständig Geschichten von Kleinkriminellen, die Schlösser aufbohrten, in Turnschuhen an den Wänden enger Luftschächte hochkletterten, durch Fenster im dritten Stock, im vierten Stock einbrachen, überall kamen sie rein, wenn sie schlau genug, verzweifelt genug waren. Umso leichter im Erdgeschoss, es wäre ein Kinderspiel gewesen, in unsere Wohnung einzubrechen, obwohl es bei uns nichts zu holen gab, nur eine alte Stereoanlage, die nicht mehr als fünfzig Dollar eingebracht hätte. Wie Walter und ich uns manchmal beim China-Imbiss an der Twenty-third Street herumtrieben und darauf warteten, dass jemand ein nicht aufgegessenes Mittagessen wegwarf; wie wir uns rasch auf den Mülleimer zu bewegten und einer die Styroporschachtel geschickt aus dem Abfall fischte, während der andere eine laminierte Speisekarte auf der Resopaltheke studierte. Und dann teilten wir uns die Reste Zuckererbsen auf Reis, durchtränkt von Sojasauce, die jemand anderes aus einer kleinen Plastikpackung herausgedrückt hatte, und dann kriegte Walter Würmer, und damit hatte es sich erledigt. Die Spiegel, die wir überall aufhängten, damit der Raum größer wirkte; der an den Kühlschrank geklebte Modigliani-Druck und die Milchkästen mit Kunstbüchern obendrauf, Bücher, die von Kakerlaken befallen wurden, als ich im folgenden Sommer wegfuhr, was ihnen eine Gnadenfrist einräumte in unserem erbitterten Dauerkrieg. Und dann waren die Fronten ungeschützt und lösten sich allmählich auf, Bahnen von Borsäurepulver, das ich in die Geschirrregale und hinter den Herd gestreut hatte, damit die Kakerlaken darüber krabbelten und es in ihre Nester trugen, Borsäure, die an ihren Unterseiten haften blieb und sie und vielleicht auch einen Teil ihrer Brut ersticken ließ, doch das kam später. Es war notwendig, die Falle regelmäßig zu erneuern, es war die einzige Möglichkeit, sie in Schach zu halten; wie kalt und mörderisch man werden kann, derart beschäftigt mit der systematischen Vernichtung einer anderen Kreatur. Und nachdem ich zurückgekehrt war, wie ich eines Nachmittags nach einem Buch über Cézanne griff und sie in alle Richtungen herausströmten, meine nackten Arme hinauf und quer über die Wand, sich in meiner Abwesenheit multipliziert hatten, in den Büchern nisteten und sich vom Leim der Bindungen ernährten und gewichtslose Berge leerer Larvengehäuse hinterließen, Tausende und Abertausende winziger transparenter Kokons.

Ninth Street. Die Fenster zum Luftschacht, rußgeschwärzt von all den Jahren, und ich in der Hocke auf dem Fenstersims, den Arm ausgestreckt so weit es ging, um mit einem nassen Lappen über die Außenseite des Glases zu wischen, wobei mir dreckiges Seifenwasser den Arm hinunter und in den Ärmel rann. Die langen weißen Schmierspuren von Vogelkot, die die Backsteinfassade mit Streifen versahen; das Geräusch klirrender Teller, gurrender Tauben, eines weinenden Babys, alles miteinander vermischt und nachhallend in dem geschlossenen Raum. Und einen knappen Meter unterhalb, am Boden des Schachts, ein Müllhaufen unbestimmter Tiefe, in dem Virgil einmal verschwand, nachdem sie einen Erkundungssprung gewagt hatte, doch das wussten wir noch nicht, eines Tages verschwand sie einfach und wir nahmen an, sie hätte sich durch ein kleines Loch im Fenstergitter zur Straße gezwängt. Wie es Wochen dauerte, sie zu finden, in einer abgelegenen Ecke des Kellers kauernd, abgemagert bis auf die Knochen und mit Schnurrhaaren voller Spinnweben und zu verstört, um auf ihren Namen zu reagieren, obwohl wir mehrfach bis auf wenige Zentimeter an sie herangekommen sein mussten, mit der Taschenlampe in dunkle, verdreckte Winkel geleuchtet und schließlich aufgegeben hatten und nach oben gegangen waren, doch das kam später. Und wie kamen wir an so viele Hunde, es war verrückt, in einer so winzigen Wohnung überhaupt Tiere zu halten, aber du hattest deine mitgenommen, als du auszogst, und ich meinen auch, doch dann besann ich mich eines Besseren und brachte ihn zurück nach Staten Island, und deine Mutter hörte auf, Bobbys Kinder zu hüten und schlief wieder zu Hause, also schleiftest du Butchie zurück in die Bronx, und wir hatten nur die Katze und Red, der schon so alt war, dass er nicht viel mehr tat, als den ganzen Tag zusammengerollt in einem Sessel zu liegen und zu schnarchen. Und dann führte ich Red eines Abends in den Park aus, und ganz plötzlich verschwand er, also lief ich nach Hause und sagte, du solltest kommen, und dann rannten wir zurück, um nach ihm zu suchen, riefen seinen Namen und suchten im Gebüsch, auf dem Spielplatz, in jedem dunklen Winkel außer Reichweite der Straßenlaternen, und dann begann es zu regnen, und wir kletterten über Parkbänke und Eisenzäune, rüttelten mit seiner Leine und riefen seinen Namen, während der Regen immer heftiger fiel, riefen und riefen, aber kein Red, bloß ein kleiner schwarzer Welpe tauchte hier und da aus dem Gebüsch auf, mit zitterndem Körper, an dem das nasse Fell klebte. Und wie lange wir suchten, eine Stunde, zwei Stunden, und von Zeit zu Zeit tauchte der schwarze Welpe auf, die Augen aufblitzend in der Dunkelheit, und rannte wieder weg. Und schließlich gaben wir die Hoffnung auf; Red war fort, sagten wir uns, und dann tauchte der Welpe plötzlich wieder aus dem Unterholz auf, den Schwanz zwischen die Beine geklemmt, und wir versuchten, ihn anzulocken, verschreckten ihn aber nur, und als wir uns endlich entschlossen, nach Hause zu gehen, merkten wir, dass er uns folgte, und so hatten wir an jenem Tag die Wohnung mit einem Hund verlassen und waren heimgekehrt mit einem Hund, aber einem anderen, einem nassen, hungrigen kleinen Hund, der mit einem tiefen, erschöpften Seufzer in meinen Armen zusammenbrach, als ich sein klatschnasses Fell mit dem Handtuch trocknete. Und so beschlossen wir, ihn zu behalten, was hätten wir sonst tun können, und jeden Tag fanden wir beim Nachhausekommen ein neues Katastrophenszenario vor, der Hund hatte in unserer Abwesenheit den Sessel zerkaut oder einen Zehnerpack Toilettenpapier, seine schwarze Gestalt umgeben von einem Meer weißer Fetzen, sein Schwanz stürmisch gegen die Schenkel pochend, er war ein unkontrollierbarer Kauer, und später erfuhren wir, dass ein Junge aus dem Viertel ihn ein paar Monate an ein Geländer angekettet hatte, bevor es ihn langweilte, ein Haustier zu halten, und er ihn im Park freiließ, und so trauerten wir um Red und machten uns gleichzeitig daran, diesen zappligen Hund zu zähmen, mit seiner Geschichte von Misshandlungen und der langen rosa Zunge, die hinter ihm her flatterte, wenn er im Park herumraste, alle langsameren, fetteren Hunde anbellte und sogar die größeren, gemeineren Hunde, um sie herumtollte und ihnen ins Gesicht blaffte, sie in Rage brachte und anstachelte, hinter ihm herzujagen, und eh wir uns versahen, gab es ein Rudel Hunde aller Formen und Größen, die jaulend und kläffend einen Höllenlärm veranstalteten, der noch Straßen weiter zu hören war, und in großen Kreisen um den Park herumrannten, der schwarze Welpe vorneweg, seine flinke schwarze Silhouette und seine lange rosa Zunge im Gefolge. Red war ein alter Jagdhund, bucklig und wacklig auf den Beinen, und wir sagten uns, er habe gespürt, dass seine Zeit gekommen war, bis wir etwa eine Woche später den Anruf einer Dame erhielten, die auf der Upper West Side eine Boutique betrieb und uns über die Hundemarke an seinem Halsband ausfindig gemacht hatte. Ein Hund, der sich kaum aufrecht halten konnte, und er hatte es irgendwie geschafft, die ganze Strecke nach Uptown zurückzulegen und dabei jedem Auto, jedem Taxi in Midtown-Manhattan auszuweichen. Und du nahmst den First Avenue-Bus, um ihn abzuholen, und dann kamst du auf dem Rückweg im Atelier vorbei, und da merkte ich, wie sehr Reds Sehkraft nachgelassen hatte, denn zuerst schien er mich nicht zu erkennen, doch dann rief ich seinen Namen, und auf einmal spitzte er die Ohren, und seine Augen leuchteten auf, und er humpelte auf mich zu, seine dürren Schenkel leicht schief und der krumme Schwanz, der schwach gegen eine Flanke pochte. Und dann brachten wir ihn zurück in die Wohnung, und der Welpe tollte auf ihn zu und leckte ihm das Ohr, und Red schnappte nach ihm und kletterte in seinen Sessel und schlief ein. Und in den folgenden Tagen wurde Red immer unzugänglicher, und egal, mit wie viel Aufmerksamkeit wir ihn überschütteten, zu beweisen versuchten, dass dies nichts weiter war als ein unglückliches Missverständnis, dass er, wenn es auch so aussehen mochte, nicht ersetzt worden war, er verweigerte jede Reaktion auf die üblichen Zärtlichkeiten – das Kraulen hinterm Ohr, hin und wieder ein Happen Hackfleisch –, und so knurrte er wochenlang den Welpen an, wann immer sich die Gelegenheit bot, und der Welpe fürchtete sich vor ihm und ging ihm aus dem Weg, was in einer so winzigen Wohnung fast unmöglich war, doch dann verschwand Red eines Tages erneut, und diesmal war es endgültig, und wir bekamen keinen weiteren Anruf, und wir fanden nie heraus, welchen Ort er schließlich gewählt hatte, um sich zum Sterben hinzulegen.

Ist es so gewesen, jener Moment, jene Geschichte, oder war alles ganz anders? Erinnere ich mich noch an deinen Gesichtsausdruck an jenem Tag, sehe ich noch das Licht auf deiner Wange aufflackern und den Schatten meines eigenen Profils an der Wand hinter dir? Jemand, der im dritten Stock ein Fenster öffnet, eine Reflexion der nun tiefer am Horizont stehenden Spätnachmittagssonne, die in einem kurzen blendenden Blitz aufflammt; dein Stuhl in einem Winkel, der den des Fensters zur Sonne spiegelt. Ich schaue hoch und sehe zwei Hände ein Tuch in den Hof ausschütteln; dann verschwindet das Tuch, und eine Hand zieht das Fenster zu, während ein Blitz reflektierten Sonnenlichts dein Gesicht erneut aufleuchten lässt. Und diesmal kann ich den verschlissenen Saum des Vorhangs sehen, eine Silhouette einzelner fransiger Fäden, die kurz neben meinem eigenen Schatten an der Wand hinter dir auftauchen und dann wieder verschwinden. Doch vielleicht war es gar nicht so, vielleicht war alles ganz anders, und meine Phantasie blickt zurück und ordnet die Dinge neu, ergänzt etwas, und die Figur im Sessel ist jemand, den ich neu zu erfinden beginne, und die Figur, die den Schatten an die Wand wirft, ist eine Person, die ich schon längst nicht mehr kenne.

Du, und du. Und am nächsten Tag, als wäre ein Zauber gebrochen, unsere Märchengewänder zurückverwandelt in die Lumpen, die sie vorher waren, unsere magische Welt durch das Antippen eines Zauberstabs verschwunden, und von allen Seiten die auf mich eindringenden, ungeduldigen Geräusche eines neuen Tages; ein Arbeitstag. Ich kann das dumpfe Dröhnen eines Kühlwagens draußen hören; unten befindet sich eine Auffahrt, die zum Hintereingang eines Pennymarkts um die Ecke führt. Ein Lastwagen hat zum Entladen am Bordstein gehalten. Ich stehe vom Schreibtisch auf, um das Fenster zu schließen, und das Telefon läutet; als ich abnehme und deine Stimme am anderen Ende der Leitung höre, begreife ich mit einem dumpfen Schmerz, dass ich wieder geträumt habe. Aber standest du nicht unter demselben Bann wie ich – und sehnst du dich nicht danach, den Weg zurück in diesen Garten zu finden, auf einem Bett aus Blumen zu liegen und mich süße, geflüsterte Worte in dein Ohr hauchen zu hören. Wie du einmal im Fanelli's aus dem Gedränge auftauchtest und dich wortlos auf dem Hocker neben mir niederließest; wie du anfingst, einen Grundriss zu skizzieren auf der Rückseite eines Briefbogens, übrig geblieben von der Empfehlung, die Jeanne mich am Nachmittag hatte tippen lassen. Ich beobachtete deine Hand, studierte das kleine Spiel der Muskeln in deinem Unterarm, als du Möglichkeiten entwarfst, aus einer winzigen Wohnung ein bisschen mehr Raum hervorzuzaubern. Schließlich zeichnetest du am unteren Rand des Blatts eine mäandernde Linie und legtest den Stift beiseite; ich rutschte von meinem Hocker und machte mich auf den Weg zur Toilette. Damals lebte Mike noch, beaufsichtigte alles aus dem hinteren Bereich der Bar, gewichtslos und verschrumpelt und bereits weit über achtzig, löste für seine Stammgäste Schecks ein und warf jeden raus, der Streit anfing. Ich schloss die Tür und schob den Riegel vor und starrte mein eigenes Spiegelbild an; ich löste meinen Gürtel und öffnete den Reißverschluss, und auf einmal merkte ich, wie meine Finger der unregelmäßigen Linie von

Haaren unter meinem Nabel nachspürten, leicht hinunter glitten unter das Gummiband. Ich dachte an deine hässlichen kleinen Bilder mit den dicken Schichten Farbe, verkrustete Klümpchen, die auf der Palette angetrocknet waren, schon eine Haut gebildet hatten, und die du abgekratzt und auf die Leinwand geschmiert hattest. Manchmal fand sich in der Mitte eines runzligen Felds dicker Ölfarbe ein winziger roter oder gelber Punkt, einzelne Momente der Hoffnung im trüben Dunkel. Wir trafen uns und redeten über diese Dinge, nahmen sie auseinander und versuchten, an die Essenz unserer jeweiligen eigenen Ausdrucksform heranzukommen; ich hatte nicht gemerkt, wie sehr ich dich begehrte. Ich zog an der Kette und kehrte in die Bar zurück und legte dir die Hand auf die Schulter, und dann sah ich auf einmal einen Kopf mit leuchtend orangefarbenem Haar: Jeanne steuerte auf uns zu, und meine erste Reaktion war, mich umzudrehen, mich zu verstecken. Ich hatte nur wenige Stunden vorher in ihrem Büro gesessen, darauf gewartet, dass sie ein Telefongespräch beendete und die Empfehlung unterschrieb; ich hatte zugeschaut, wie sie den Hörer wieder auf die Gabel legte und sich ein paar Notizen in den Kalender machte, der vor ihr auf dem Schreibtisch ausgebreitet war, und *wo waren wir stehen geblieben* fragte, während ich versuchte, meine Gedanken zu ordnen und das Telefon erneut klingelte. Wie viele Male hatte ich in diesem Büro gesessen, wie viele Male hatte sie mir beiläufig geholfen, obwohl ich nie so recht kapierte warum, denn Jeanne reagierte nur auf Leute, die selbstbewusst in ihr Büro marschieren und etwas verlangen konnten. Jahre später würde ich dich an diesen Abend erinnern, als wir am Tresen saßen und du deine Serviette behutsam zu Dreiecken faltetest und mir sagtest, irgendwann würdest du gern mit mir das Bett teilen, Jahre später, nachdem wir das bereits mehrfach getan hatten und du, neben mir im Schneidersitz auf einem Knäuel von Decken, mein Gesicht hieltest und ich im Stillen zitterte.

Ninth Street; Michael an der Tür. Drei Uhr morgens, vier Uhr morgens, zuerst ein leises Klopfen und dann lauter und schließlich, wenn wir bereits fest schliefen, ein beharrliches Scheppern am Türgriff, ein Pochen mit dem Rücken einer Faust oder einem Schuh, bis ich schließlich den dumpfen Klang meines Namens hörte, gerufen in einem klagenden Lallen. Und dann stolperte ich aus dem Bett und öffnete die Tür, und Michael stand vor mir, eine verzweifelte, betrunkene Gestalt, umgeben von einer Aureole aus hartem Neonlicht. Was ist los, was ist passiert, und Michael, mit tieftraurigen großen Augen: *meine einzige Freundin.* Ich machte ihm eine Tasse Kaffee und wir saßen in der Küche und flüsterten, während du im Zimmer nebenan weiterschliefst. Michael sprach immer über Gedichte, über den Wunsch zu sterben, aber noch nicht, *noch nicht,* intonierte er; die hochgezogenen Augenbrauen, der mahnend himmelwärts gerichtete Zeigefinger. Und manchmal las Michael mir ein Gedicht vor, das er geschrieben hatte, und ich war so ergriffen, dass mir die Kopfhaut kribbelte, und letzten Endes sollte er Recht behalten, ich war seine einzige Freundin, nachdem er bei allen, die er kannte, nach dem Rotationsprinzip auf dem Fußboden geschlafen, frische Unterwäsche geborgt und ihre Gutmütigkeit und Gastfreundschaft aufgebraucht hatte. Michael war außerstande, für sich ein Zuhause zu schaffen, die Decke zurückzuschlagen und sich ins Bett zu legen, einen Liter Milch zu kaufen und ihn für den Kaffee am nächsten Morgen in den Kühlschrank zu stellen. Kümmere dich um mich, sonst gebe ich mich auf, lasse mich zugrunde gehen. Michaels Augen, die mich studierten, die Grenzen meines Charakters ausloteten. Du würdest mich rauswerfen, du würdest mich im Stich lassen? Und wo ist er heute, ist er noch die gleiche Person, an die ich mich erinnere, die in unserer Küche saß und nachdenklich rauchte, während lange Würmer Asche auf den Boden fielen, sich eine neue Zigarette anzündete an der, die am Verlöschen war, wie eine kontinuierliche Flamme. *Jenes Lied, das du liebtest, / hörtest in der Glut eines Nachmittags zwischen Weizen und Horizont, / die Füße im Takt eines Sekundenzeigers, / jenes Lied, das du liebtest.*

Ninth Street. Ich saß am Tisch vor dem Fenster und beobachtete eines Morgens die Müllmänner, die die Abfalltonnen in den Müllwagen leerten und sie dann wieder auf den Bürgersteig warfen, während der Wagen im Schritttempo zum nächsten Gebäude vorrückte. Manchmal rollten einige der Tonnen auf die Straße, wo Autos um sie herum manövrieren mussten, bis einer von uns hinausrannte und sie wieder zurückzog, die hohlen Aluminiumzylinder rumpelnd wie schwere Fässer. Ich ging hinaus und stellte sie vor dem Haus wieder in eine Reihe, klaubte den verstreuten Unrat auf und rückte die ramponierten Deckel wie absurde Hüte zurecht. Es war Juni, noch keine sieben Uhr morgens und schon jetzt heiß und schwül, schon jetzt hing ein schwerer Geruch nach Fäulnis in der Luft; ich hörte mir die alljährliche Lesung von *Ulysses* im Radio an, Skylla und Charybdis. Du schliefst noch im mittleren Zimmer, und ich spürte eine übermächtige Aggression in mir aufsteigen, eine eingeschlossene Wut. Wir hatten Phils Job übernommen, während er weg war, gegen freie Miete den Flur aufwischen, den Bürgersteig fegen und den Boiler im Keller kontrollieren, und dann ging ich in jenem Sommer fort, und Bobby half dir bei dem Job, doch das kam später. Ich blickte durch das Metallgitter auf den Bürgersteig draußen, dachte an Phils Wohnung im fünften Stock und wie die Sonne die winzigen Räume durchflutete, sie doppelt so hoch, doppelt so geräumig erscheinen ließ wie unsere eigenen. Er konnte immer so gut Dinge bauen, einen an der Wand seiner winzigen Küche befestigten Klapptisch, die in einen Durchgang gebaute schmale Regalsäule, und immer so gut gemacht, immer eine solch perfekte Ausnutzung des Raumes, wie der Haken in der Decke, an dem er sein Fahrrad aufhängte, tief in die Balken durch die Schicht Putz geschraubt und stabil genug, schwere Gewichte zu tragen. Später, nachdem ich zurückgekehrt war nach New York, saß ich wieder am gleichen Fenster und blickte hinaus auf die Reihen ramponierter Abfalltonnen, jede versehen mit der Nummer des Gebäudes, große, unbeholfen mit der Hand aufgemalte Ziffern, die am Ende jedes Pinselstrichs verliefen, lauschte dem Geräusch des zischenden Heizkörpers und versuchte zu zeichnen. Und dann kam Phil eines Tages aus Japan zurück und ging die Werkzeuge durch, die er uns geliehen hatte, hakte sie auf der vor seiner Abreise erstellten Liste ab, und plötzlich fehlte der Schraubenschlüsselsatz, die Bohrmaschine, Bobby hatte alles verkauft, und wir mussten losziehen und neue Werkzeuge kaufen, um sie zu ersetzen, alle beide pleite und Bobby unauffindbar. Und als ich nach oben ging und an seine Tür klopfte, tauchte Phil in einem seidenen Morgenrock auf und reichte mir ein Paar Bambussandalen; er hatte seine Wohnung im japanischen Stil umgestaltet, mit Reisstroh-Tatami auf dem Boden und einem Teeservice aus zartem Porzellan, sorgfältig arrangiert auf einem niedrigen Tisch. Seinen dichten schwarzen Bart hatte er abrasiert, was ein pockennarbiges Gesicht zum Vorschein brachte, einen langen dünnen Hals, und ich erkannte ihn kaum wieder; sein Kopf schien nur noch halb so groß zu sein wie zuvor. Grob behauene Holzbüsten standen auf dem Fußboden im hinteren Zimmer, als wären sie bis zur Taille versunken, Figuren mit gereckten Hälsen und auf den Boden gestemmten Armen, die versuchten, sich von einer drohenden Verschlingung zu befreien. Wie seltsam die Skulpturen aussahen, als Phil eine nach der anderen hochhob und sie in die Ecke trug; wie leicht sie zu sein schienen, als ihr Kontakt zum Boden plötzlich unterbrochen war und ihre fehlenden Glieder sich nicht mehr in den imaginären Raum unter dem Fußboden fortsetzten. Und als ich ein oder zwei Jahre später aus dem Fenster von Albas Wohnung in der Wilhelmshavener Straße schaute, zuckte ich zusammen beim Anblick einer Jeans, die draußen zum Trocknen hing, an einem Kleiderbügel vor einem Fenster im Obergeschoss baumelte und sich langsam von einer Seite zur anderen drehte, denn Laura hatte mir gerade erzählt, dass Phil tot war, dass seine japanische Freundin seinen schlaffen Körper am Fahrradhaken hängend gefunden hatte und dass sie ihn nicht aus der Schlinge befreien konnte und ihn losschneiden musste mit einer Bohrmaschine, das Einzige, was sie finden konnte, das imstande war, das dicke Seil zu durchtrennen; die Bohrmaschine, die wir gekauft hatten, um die zu ersetzen, die Bobby an den Gebrauchtwarenhändler auf der First Avenue verkauft hatte.

Wie in der Zeit zurückgehen; man müsste alles abziehen, was danach gekommen ist, die Häute abwerfen, die seither gewachsen sind: sie eine nach der anderen abschälen und vergessen. Alles, was geschehen ist, rückgängig machen, sich in keiner dieser Situationen befunden haben, ganze Teile des Selbst verlieren; vergessen. Verschwinden, sich selbst auflösen. Und wenn meine Gedanken mich zurücktragen, dann als eine andere.

Ninth Street; wie ich nach oben ging und an Lauras Tür klopfte und zu weinen begann. Ein weiteres offizielles Schreiben von der Kunsthochschule, voll mit unverständlichen Wörtern, viele groß geschrieben und eine halbe Zeile lang: bedrohliche Wörter, monströse Wörter, und ich, die beinahe kein Deutsch verstand und versuchte, den Inhalt mit einem Taschenwörterbuch zu entschlüsseln. Laura meinte, ich solle reinkommen und mich hinsetzen, ich müsse ja nicht hingehen, ich könne ebenso gut in New York bleiben. Und später an jenem Tag, als ich durch die Stadt wanderte, alle Sinne geschärft für die Koinzidenz der Dinge: ein aus einem Lastwagen geworfener Pappbecher, der die Gosse entlang rollte und dann liegen blieb; ein Hund, der zu einem Laternenpfahl trottete und das Bein hob, um zu urinieren, während ein Rinnsal Kaffee durch den Deckel des Bechers auslief und einen Pfad in den umliegenden Staub grub. Ein dünnes Rinnsal, das sich langsam um eine Zigarettenkippe schlängelte, einen Kronkorken, gleich in den Fluss dampfenden Urins münden würde. Ich starrte auf den mutmaßlichen Kreuzungspunkt und sah einen Zettel auf der Erde liegen; ich bückte mich und bekam ihn zu fassen, nur einen Moment, bevor sich die Wege der beiden Ströme kreuzten und die größere Arterie in die kleinere flutete, Kaffee sich mit Hunde-Urin mischte. Und dann wirkten andere Kräfte stärker als die Oberflächenspannung, und die anschwellende Wasserstraße trat über ihre Ufer und überflutete umschlossene Areale, die zuvor Inselstatus besessen hatten. Ich senkte den Blick und betrachtete die Schrift auf dem Zettel, eine Adresse mit drei Einsen, und ich musste an diese Verkettung von Dreien denken, den Lastwagen, den Hund, die unbekannte Person, drei rätselhaft miteinander verbundene Faktoren in einer Gleichung, die für mich und nur für mich bestimmt war. Und ich dachte an die Stunde, die Minute vorher, und dass alle drei keine Ahnung von ihrer bevorstehenden Verknüpfung gehabt hatten: der Mensch, dessen Kaffee bitter geworden war, oder kalt; der Hund, der sich eine Gosse hinunter schnüffelte, den Inhalt sammelnd, die exakte Formulierung der olfaktorischen Botschaft entwerfend, die er in Kürze hinterlassen würde; jemand, der den Inhalt seiner Taschen inspizierte, um sein Kleingeld zu zählen: reicht es für ein Päckchen Zigaretten, oder muss er einen größeren Schein anbrechen – und plötzlich den Zettel fand, der bereits seinen Zweck erfüllt hatte, auf einen Abfalleimer zielte und danebentraf. Doch vielleicht fiel er ihm auch versehentlich aus der Tasche, vielleicht sollte der Moment noch kommen, in dem er eine wichtige Funktion erfüllen würde, und der Mensch war stehen geblieben und durchsuchte in genau diesem Augenblick seine Taschen, schon mehrere Straßen entfernt, versuchte den Zettel mit einer darauf notierten bestimmten Adresse zu finden, durchsuchte erst die eine Tasche, dann eine andere; und wohin wird das führen, und was wird dadurch verloren gehen? Ihn nun in der Hand haltend, schien es mir, als wäre ich angesprochen worden in einer Sprache des Zufalls, als flüsterte eine Stimme eine kryptische Botschaft ins Getöse des Geschehens, und mir wurde fast schwindlig, als ich begriff, dass ich der einzige Mensch war, der sie wahrgenommen hatte, und dennoch verstand ich nichts, überhaupt nichts.

Ninth Street, und dein schlafender Körper auf dem Bett im mittleren Zimmer. Monate, in denen wir kaum miteinander sprachen, endlose Sommermonate, in denen ich wartete, arbeitete, das Geld zusammenkratzte, um dich zu verlassen. Wie ich jeden Morgen zu Fuß quer durch die Stadt ging, um die Fahrtkosten zu sparen, ein langer Fußmarsch von Avenue B zur Hudson Street; wie ich immer ankam mit einer nassgeschwitzten Bluse und mit Blasen an den Füßen von den billigen Plastikschuhen, die ich trug. Und immer Löcher an den Zehen meiner Nylonstrümpfe, immer die bange Hoffnung, dass sich die Laufmaschen bis zum Ende des Arbeitstages nicht über den Rand der Schuhe ausbreiten würden. Eine Handtasche mit einem in Alufolie gewickelten Sandwich und die Instamatic Kamera, die ich wie ein kostbares Geheimnis mit mir herumtrug in Erwartung des Moments, in dem ich finden würde, worauf ich gewartet hatte, den kleinen roten Knopf drücken würde, jeden Tag einmal, jeden Tag ein Foto. Rostflecken, die sich von einem Wasserhahn ausbreiteten, Erosionsmuster auf der Fassade eines Gebäudes und manchmal bloß Abfall auf der Straße oder ein Ölwirbel in einer verschmutzten Pfütze. An manchen Tagen fand ich überhaupt nichts, ich hatte zu lange gewartet, und das Licht war zu schwach geworden, doch das Bild machte ich trotzdem immer, auch wenn der Film nicht viel mehr festhalten konnte als eine trübe Unschärfe; ein schwächerer Tag. Und wie schwierig es war, diese leeren Tage entwickelt zu bekommen; wie die Labore sie automatisch übersprangen, und ich musste jedes Mal einen Sonderwunsch äußern, erklären, dass ich auch diese wertlosen Bilder entwickelt haben wollte, und am Ende musste ich für Handabzüge bezahlen, weil man die Maschinen nicht so einstellen konnte, dass sie die unterbelichteten Negative abzogen, doch das kam später. Auf der Suche nach Anhaltspunkten, auf der Suche nach mir selbst, nach Mustern, die irgendeine Bedeutung zu vermitteln, etwas zu enthalten schienen, das mich vielleicht zu der führen könnte, die ich bin. Und der Job, Klebeumbrüche und Druckvorlagen, verschwommenes Sehen und Kopfschmerzen vom Neonlicht, und in der Mittagspause draußen auf einer Bank sitzen, das mitgebrachte Sandwich essen und die Stunden zusammenzählen, die ich gearbeitet hatte, immer die Multiplikation noch mal nachprüfen, immer besorgt, einen Fehler zu machen. Berechnung um Berechnung mit Kugelschreiber auf einer Serviette, so viel werde ich bis August verdient haben, so viel bis Ende September, so viel jede Stunde, jede Minute. Sobald ich aufgegessen hatte, machte ich einen Spaziergang hinüber zu den Anlegestellen am Flussufer, musterte jede Oberfläche auf dem Weg, die Risse im Asphalt, die Abfallreste in der Gosse, oder das, was einmal eine sich windende Schlange verschütteter Farbe auf einem Gehweg aus Granitsteinen gewesen war, längst getrocknet und hart geworden, die fließende Linie jetzt fragmentiert, die Steine irgendwann ausgebuddelt, um eine Gasleitung zu reparieren, eine Wasserleitung, und dann vertauscht, wieder zusammengefügt, doch in anderer Ordnung, das Fließen in Abschnitte von gleicher Länge zerstückelt, die erst diese, dann jene Richtung nahmen; wie glücklich diese Dinge mich machten. Manchmal arbeitete ich bis zum späten Abend und rief den Fahrdienst, ein Betriebsservice, der für jeden galt, der Überstunden machte, also selbst für mich, und dann saß ich im Fond einer Limousine mit Chauffeur und ließ mich zurückfahren zu unserer Wohnung, dachte über die Absurdität dieses deplatzierten Luxus nach und fragte mich, was der Fahrer wohl dachte, eine junge Frau mit Ölfarbe unter den Fingernägeln, das Haar zerzaust und das Herz zerrissen zwischen bei dir bleiben und weggehen, bleiben und weggehen.

Wie ich eines Morgens durch Tompkins Square kam, auf dem Weg zur Arbeit, und dich am anderen Ende des Parks entdeckte, mit Kaffee und Zeitung und dem Hund, der seinen Auslauf bekam. Als ich aufgestanden war, hattest du dich bereits angezogen und die Wohnung verlassen, doch als ich dich jetzt auf der anderen Seite des Parks mit der lose herabhängenden Lederleine sah, deinen Kaffee trinkend und in das diesige, blendende Licht des Morgens blinzelnd, schien es plötzlich, als sähe ich dich von einer anderen Zeit aus, das Glänzen des Sonnenlichts auf deinem Haar, dein unverwechselbarer Gang so fern und unerreichbar wie die Vergangenheit. Ich stellte mir vor, dass ich zu dir hinübergehen und deinen Namen aussprechen könnte und du mich nicht sehen, nicht hören würdest. Wir sprachen nie über meine bevorstehende Abreise. Später am Flughafen, wie ich dir sagte, du solltest nicht auf mich warten, und zusah, wie der Abdruck meiner Grausamkeit in deinem Gesicht erschien. Wie ich mich umdrehte und zum Flugsteig ging, deinen Blick von hinten spürte; wie ich mein Handgepäck auf das Band der Sicherheitskontrolle legte, den Metalldetektor passierte und auf der anderen Seite zögerte, doch die Maschine hatte nicht gepiept, mein Gepäck enthielt nichts von Interesse, und das Flughafenpersonal winkte mich einfach durch, denn ich behinderte bereits die reibungslose Abfertigung eiliger Passagiere.

Ein Wort, eine Geste, um die meine Gedanken immer wieder kreisen, etwas Ungesagtes, das Aufflackern eines Missverständnisses im Blick eines anderen – und nichts wurde getan, nichts wurde gesagt, um den Prozess der Entfremdung aufzuhalten. Ich sehe den Fehler und lasse ihn geschehen, fasziniert von einem Detail oder einem Mechanismus. Der an einem Anleger lose vertäute Knoten eines Seils wickelt sich ab, und ich sitze da und betrachte die Komplexität der Bewegung, überrascht von ihrer Unwahrscheinlichkeit, einen Moment lang das Boot vergessend, das bereits forttreibt, unwiederbringlich.

Bedford Avenue. Ich saß am Schreibtisch und schaute mir die alten Fotos an, die ich mit nach Brooklyn genommen hatte: meine Urgroßmutter auf dem Dach des Hauses in der Bronx, an eine niedrige Backsteinmauer gelehnt, ihre großen Hände im Schoß ruhend; du und ich in einem Fotoautomaten mit Münzeinwurf in Asbury Park, das Datum auf der Rückseite mit Kugelschreiber vermerkt: 20. Mai 1962. Du trugst eine karierte Baumwolljacke und eine Mütze und hobst mich hoch, damit ich in die Linse schaute, und ich klammerte mich an deinen Hals, halb umgedreht, der Kamera zugewandt, doch das wusste ich nicht, alles, was ich sah, war eine Glasscheibe und vielleicht unsere eigene trübe Spiegelung, und ich starrte sie an in einer Mischung aus Neugier und Misstrauen, nicht bereit, deinen Kragen loszulassen, um sie mir näher anzuschauen. Ich studierte dein Gesicht, das breite Strahlen mit deinem perfekten neuen Gebiss, und dann ging ich die Leiter holen und zog die Schachtel mit den Fotos aus dem obersten Fach des Bücherregals, um nach einem Bild vom Haus zu suchen, als es noch neu war, doch das kam später. Die Betonwege waren gerade erst gegossen und die Rasensamen ausgesät worden, und jemand hatte die Fläche zum Schutz mit einer Schnur umspannt, die an kleinen, in die Erde geschobenen Stäben befestigt war. Sonst gab es weit und breit nichts, keinen einzigen Baum, keinen einzigen Busch; die Häuser auf der anderen Straßenseite waren noch nicht gebaut, die Häuser hinter uns waren noch nicht gebaut, nur unseres und das Nachbarhaus, eine Art merkwürdiger Zwilling mit zwei Vordertüren und einer breiteren Treppe, und diese Eigenschaft, ähnlich aber nicht ganz identisch zu sein, ließ es besonders suspekt aussehen, besonders fremdartig. Und da warst du in deiner karierten Jacke mit der Brownie Kamera um den Hals, und da war ich, ein Kleinkind in Großmutters Armen. Der Kinderwagen war am Rand abgestellt, auf dem frischen Beton, und darüber war ein von der Wäscheleine herabhängendes einzelnes Hosenbein sichtbar; ich wollte das Foto gerade umdrehen, um mir auf der Rückseite das Datum anzuschauen, als mir plötzlich dein seltsames Lächeln auffiel. Damals also hast du deine Zähne verloren, dachte ich, zahnlos, bevor du die Vierzig erreicht hattest; sie wurden gezogen, während wir in das neue Haus einzogen, nicht wahr, aber wieso mussten sie gleich alle ziehen, es waren bestimmt nicht alle schlecht. Aber vielleicht wäre es zu teuer gewesen, eine Wurzelbehandlung machen zu lassen, eine Goldkrone, und vielleicht hatte der Zahnarzt einfach eine kostengünstigere Lösung empfohlen, denn das gesamte Geld war in die Anzahlung für das Haus gesteckt worden, in die Hypothek. Oktober 1961: Mein Kind ist jetzt im gleichen Alter wie ich damals; du warst damals im gleichen Alter wie ich jetzt, und es dauerte Jahre, bis die Kanalisation gelegt wurde, und im Sommer standen die Kellergeschosse der Straße regelmäßig unter Wasser, denn sie waren auf einstigem Marschland errichtet worden, und plötzlich musste ich daran denken, wie in einem Jahr bei starkem Regen eine ganze Reihe Pappeln umstürzte, und an den Frosch, den ich im Garten zu halten versuchte, und an den kleinen Teich, den ich für ihn aushob, und an die Glühwürmchen, die wir in Sommernächten fingen, um ihr gespenstisches Licht in Gurkengläsern zu sammeln, die Deckel mit eingestanzten Löchern, um Luft hineinzulassen, und den Boden bedeckt mit ausgerupften Büscheln Gras.

Bedford Avenue; der lange dunkle Korridor, an einer Seite bis oben hin vollgepackt mit Bauholz, das jemand von der Straße hereingeschleppt hatte. Wie die Wände von hinten offen waren und eine willkürliche Ansammlung von Schrauben freilegten, an denen jedes Mal, wenn ich den Müll zur Hintertreppe schleppte, der Plastiksack hängen blieb und aufriss und die Katzenstreu über den ganzen Fußboden herausrieselte; wie ich alles in einen anderen Sack stopfen und die Reste aufkehren musste, bevor ich sie hinunter zum Müllcontainer auf der Metropolitan Avenue trug. Und dann zogen neue Leute in die Räume hinter uns und fingen an, das Katzenklo vor unsere Tür zu schieben, zweifellos, um uns wissen zu lassen, wie ekelhaft sie es fanden, doch was konnte ich machen, wenn Bruce ein zweites Katzenklo im Korridor stehen hatte? Hin und wieder kam ein Anruf für Bruce, es gab hier und da kleinere Arbeiten, leichte Baujobs, Unterrichtsvertretungen, auch der Nachbar im angrenzenden Atelier verdiente so sein Geld. Ich sagte ihnen, Bruce sei auf Reisen, notierte mir die Telefonnummern und versprach, die Nachrichten weiterzugeben, doch Bruce rief nie an, und sein Nachbar hatte auch keine Nummer von ihm, und ich fragte mich, wie es wohl zwischen den beiden gewesen war, früher, als sie noch Freunde waren und nicht bloß Mitunterzeichner eines Mietvertrags, als sie die Räume übernahmen und ihre Pläne schmiedeten und den Aufbau ihrer Künstlergemeinschaft in Angriff nahmen. Bruces Nachbar kam meistens mies gelaunt von der Arbeit heim, und dann begannen seine Hunde in begeisterter Aufregung zu bellen; er brüllte sie immer an, die Schnauze zu halten, stampfte durch den Korridor und rasselte mit den Schlüsseln, während die Hunde sich in eine ohrenbetäubende Lautstärke hineinsteigerten, er schrie sie an, die Schnauze zu halten, könnt ihr endlich mal *die Schnauze halten?,* hörte ich ihn immer von der anderen Seite der zitternden Wand brüllen. Und wie die Hunde trotzdem weiterbellten, aus purer Freude, so klang es jedenfalls, bei unerträglicher Hitze den ganzen Tag eingesperrt in einem dunklen Raum, witternd, dass ihre Chance zu entkommen in Reichweite war, endlich ein bisschen frische Luft, endlich ein bisschen Bewegung, sie bellten und bellten, selbst nachdem er anfing, mit einer Lederleine auf sie einzuschlagen, voller Freude, selbst wenn es nicht mehr bedeutete als einen kurzen Gang bis zur nächsten Straßenecke und zurück, keuchend vor Hitze und vor Aufregung, die Kette fast die ganze Strecke an ihren Hälsen zerrend. Ich konnte das Geräusch seines Gangs erkennen, sobald er die Fabriketage betrat, und dann verspannte ich mich, war gefasst auf die schwerfälligen Schritte, die verzweifelte Freude dieser gefangenen Kreaturen, das Schreien und Fluchen, das Geräusch der gegen die Aluminiumprofile schlagenden Metallkette auf der anderen Seite der Wand, während ich am Tisch unter dem Dachfenster saß und ein Bild aus der Zeitung ausschnitt. Ich legte die Schere hin und betrachtete die vor mir ausgebreitete Seite. Viele Arafats, lächelnde, auf Plakate gedruckte Arafats, in die Höhe gehalten von einer kleinen Schar junger Palästinenser. Zwei, drei Jungen nicht älter als zehn, die ihre Arafat-Plakate eifrig emporhielten, einer von ihnen biss sich auf die Lippe in dem Bemühen, es hoch und ruhig zu halten, ein anderer hielt gleichzeitig zwei Arafats, seine schmächtige Brust vorgereckt in einer großspurigen Pose. Und ein kleinerer Junge, die Brauen zusammengezogen und ernst, das Plakat in seinen Händen ein bisschen schlaff, ein Arafat links von ihm, rechts von ihm, zwei Arafats hinter ihm, und all diese Arafat-Köpfe deutlich größer als die Jungenköpfe oder die Köpfe der jungen Männer hinter ihnen. Und sich die Szene dann vorzustellen nur mit den Jungen und den Männern, bloß keine Arafats, diese Szene mit einer Schar lächelnder Arafats ohne Arafat, ganz ohne irgendwelche Arafats, nur die drei Jungen und der Mann rechts daneben, die beiden dahinter, eine kleine Schar, beseelte, von einer Kamera eingefrorene Gesichter, bloß kein Arafat, die Arafats wegzunehmen oder sie zum Beispiel durch Luftballons zu ersetzen, alle könnten einen Luftballon halten, der großspurige Junge könnte zwei halten. Erst eine ganze Schar Arafats, ein Über-Arafat, während in Wirklichkeit gar kein Arafat da war, bloß bedrucktes Papier. Wie Fotos von Menschenköpfen genauso flach im Druck aussehen wie die gedruckten Bilder von Menschenköpfen neben ihnen. Eines Nachmittags kam ich die Bedford Avenue entlang und blieb an der Ecke vor dem Haus stehen, wo Bruces Nachbar auf dem Gehweg stand und eine junge Frau umarmte, beide mit Tränen in den Augen, einander umarmend, und ich hörte, wie sie versprachen zu schreiben, zärtlich mit den Händen das Gesicht des anderen umschließend, während ein Wagen mit Minnesota-Kennzeichen im Leerlauf am Bordstein wartete, und ich konnte diesen tränenreichen, zärtlichen Abschied kaum in Verbindung bringen mit dem Krawall und den Kraftausdrücken und den ungeliebten Hunden, und ich stand da und starrte fassungslos diese intime Szene an, die nichts mit mir zu tun hatte, die auf diese Weise anzustarren schon eine Indiskretion war, und unterdrückte ein heftiges Verlangen, mich auf diese beiden Gestalten zu stürzen und sie beide zu umarmen.

BEDFORD AVENUE, und der graue Kater, der sich jedes Mal durch die Tür drängelte, wenn wir abends den schwarzen Kater zum Fressen hereinließen. Wie er es immer auf die braune Katze abgesehen hatte, sie jagte und dann in eine Ecke trieb, und wie sie jedes Mal vor Angst aufschrie. Wir mussten den Besen holen und ihn verscheuchen, du sichertest die eine Seite und ich die andere, ein unglaublich zäher Kater, der vor nichts Angst hatte und es immer schaffte durchzuschlüpfen. Wie er einen Weg fand, durch den Maschendraht vor den aufs Dach hinausgehenden Fenstern einzudringen, und wie wir einen Tacker in Bruces Werkzeugschrank fanden und den Maschendraht wieder am Holz befestigten, doch der Kater kriegte ihn jede Nacht wieder auf, kratzte stundenlang am Draht, bis er schließlich durchkam.

Ein Blick, mehr nicht, und eine stille Lawine gerät in Bewegung, eine stumme Katastrophe. Wie kann einer sich anmaßen zu wissen, was ein anderer Mensch denkt, fühlt. Ich kann nur von den äußeren Anzeichen berichten, den wiederkehrenden Phänomenen. Aber ich kenne dich doch, sage ich, und sehe die Empörung in dir aufsteigen, die Wut.

Kent Avenue, und die Weihnachtskarten, die ich mit meiner Telefonnummer verschickte, meine erste New Yorker Nummer seit Jahren. Wie ich dich schließlich besuchen ging und den Wasserkessel entdeckte, den meine Schwester uns vor Jahren geschenkt hatte, wie lange war das her, dort, auf deinem Gasherd, in einer neuen Wohnung, umgeben von einem Leben, über das ich nichts mehr wusste. Und Virgil, zu unseren Zeiten ein Katzenbaby, jetzt alt geworden und fast blind. Einmal wäre sie im Kühlschrank erstickt, wenn wir nicht ein paar Minuten später aus irgendeinem Grund zurückgekommen wären; wie war sie dort eingeschlossen worden, wir kamen nie dahinter. Sie kuschelte sich oft unter Reds Hinterbein und saugte dort an einem Pickel, und er fletschte die Zähne und versuchte, sie wegzustoßen, aber er war so alt und seine Gelenke so steif, dass er es schließlich aufgab und mit einem leisen Knurren wieder in Schlaf versank. Und Sasha, ihr Kleines, eines von fünf aus der Paarung mit Cub, dem wilden grauen Kater, den Walter und Laura zu sich genommen hatten. Wir hatten zugeschaut, wie alle fünf geboren wurden, und dann legten wir für Virgil und ihre Jungen eine Decke in einen Pappkarton, doch sie holte sie trotzdem heraus und trug sie in unser Bett, eins nach dem anderen, und eins nach dem anderen nahmen wir sie wieder raus und legten sie behutsam zurück in den Karton neben der Heizung und stellten die großen Leinwände zwischen dem vorderen und mittleren Zimmer auf, denn es gab keine Tür, die man hätte schließen können, und Virgil packte jedes Kätzchen am Nacken und erklomm die Leinwände bis nach oben und kletterte dann auf der anderen Seite wieder hinunter und schleppte jedes Junge wieder zurück in unser Bett, eins nach dem anderen, also gaben wir schließlich auf und schliefen mit fünf Katzenjungen zwischen uns auf dem Kissen, was hätten wir sonst tun sollen. Erinnerst du dich? Und die Weingläser, die Wassergläser, die du aus unserer alten Wohnung mitnahmst, nachdem ich nach Berlin abgereist war, wusstest du, dass ich sie aus dem Restaurant im Zentrum Manhattans geklaut hatte, wo ich an der Garderobe arbeitete? Eins nach dem anderen im Laufe von Monaten, dieses Restaurant im Theaterviertel, in dem aufstrebende Schauspielerinnen die Martini-Lunch-Klientel bedienten, ich erinnere mich, wie eine von ihnen hinter einer Gruppe Geschäftsleute her rannte, die zu betrunken war, um ein Trinkgeld dazulassen, wie sie mit schriller Stimme fragte, ob irgendwas nicht in Ordnung gewesen sei mit der Bedienung. Und ich, bevor die Nachricht vom Stipendium eintraf, mit meinem Deutschbuch, die fremden Wörter aussprechend, sie in die Mäntel flüsternd, die mich in der winzigen Kabine umgaben, *Herr und Frau Fuchs sitzen im Wohnzimmer und trinken Kaffee,* ein kostenloses Mittagessen und ein Dollar pro Mantel. Die Wassergläser, die Weingläser, die Matratze, der Wasserkessel, diese Dinge aus unserem gemeinsamen Leben, aber woher soll sie das wissen, woher soll sie wissen, wenn sie den Namen der Katze ausspricht, wie viele Tage ich damit zubrachte, die Liste immer weiter einzugrenzen, bis nur noch einer übrig blieb. *Lasciate ogni speranza.*

Kent Avenue, und der Abend, an dem mein Bruder nach dem Übungsschießen vorbeikam, bepackt mit einer großen Reisetasche; wie er ständig vorsichtige Blicke über die Schulter warf, wie er die Tasche nicht aus den Augen ließ, bis ich sie unter dem Bett verstaute und die Tür zu unserer Fabriketage abschloss und wir die Treppe zum Dach erklommen. Gerade gingen überall in der Stadt die Lichter an; wir beobachteten einen Schlepper, der einen Frachtkahn unter der Brücke durchschob, während eine schwache Brise vom Fluss her blies und der Abendhimmel langsam dunkler wurde. *Du riskierst dein Leben, und was kriegst du dafür? Irgendwas Unglückliches passiert, und sie fallen dir in den Rücken, und dann kennen sie dich nicht mehr, fünfzehn Jahre für die Katz, einfach so, drei Kinder und eine Hypothek.* Und ich musste an die Waffen unten denken und an die Party, die nebenan im Gange war, und ich musste daran denken, wie viele gewaltsame Tode in diesen Dingen schlummerten, in ein paar Schuss Munition, musste an lauter ungelebte Leben in Embryos denken, und wie leicht es wäre, einen Abzug zu drücken, und wie sie danach verlangten, benutzt zu werden, willkürlich in eine Menge gerichtet zu werden, oder umgedreht, peng, ohne auch nur zu überlegen.

Kent Avenue; an den 99 Cent-Shops auf dem Broadway vorbei, um den J Train zu erwischen; über Weihnachten raus zu meiner Schwester. Der opulente künstliche Baum, das Lametta, die Berge Geschenke darunter; die Videokamera, die jedem nachstellte, als wäre sie ein autonomes Wesen, unabhängig von dem Schwager, dem Neffen, der sie hielt. Wie die älteren Leute steif und stumm wurden, bloß mit einer Hand rasch abwinkten von dem Sofa oder Sessel, auf dem sie saßen, und sich dann wieder abwandten, während die jüngeren automatisch in eine Art müheloses, spontanes Geplauder verfielen: Hallo allerseits, es ist Weihnachten, auf dem Tisch stehen Lasagne und Antipasti, und Oma reibt gerade den Parmesan, sag guten Tag, Oma. Einer der Neffen zog eine Videokassette aus dem Regal, und ganz plötzlich tauchte, diese Feier überlagernd, eine frühere auf, mit mehr oder weniger den gleichen Leuten und mindestens einer Dekade dazwischen, ein Geburtstagsfest, ein Weihnachtstreffen kaum anders als dieses, zu viel Essen und das Dröhnen eines Fernsehers vermischt mit dem Geräusch der Stereoanlage aus dem Kinderzimmer und einer E-Gitarre, die den Heavy-Metal-Sound hinzukriegen versucht; ein Weihnachtsfest, das ein anderes überlagert wie ein Spiegel mit Zeitverzögerung. Und die Kinder lachten über sich selbst, lachten und zeigten und knufften einander zum Spaß, und doch gab es in ihrer Heiterkeit ein vages Unbehagen, etwas Unsicheres in ihren Augen; bemerken sie es, fragte ich mich, wenn sie sich selbst in längst vergessenen Klamotten herumalbern sehen, ihre schmächtigen Körper kleiner, ihre Stimmen höher, einander aufziehen, sich aber auf dem Fernsehbildschirm beobachten, aufmerksam beobachten. Und dann schwenkte die Kamera einen Moment lang ab, glitt hinweg über die in einem Meer von Geschenken und Einpackpapier und Bändern knienden Kinder, und dann erhaschte ich, ganz unerwartet, einen Blick auf dich, lächelnd, auf dem Sofa sitzend und lächelnd, und dann, genauso rasch, warst du wieder weg, die Kamera schwenkte wieder ab, vom Sofa zurück zu den Kindern, die ihre Geschenke hochhielten und Grimassen schnitten, und du saßest neben ihnen, gerade außerhalb des Blickfelds der Kamera, unsichtbar, und ich saß da, die Armlehnen des Esszimmerstuhls umklammernd, getroffen, als hätte ich einen Schlag ins Gesicht bekommen.

Ich sass an deinem Schreibtisch und trank den Rest deines Weins, als mir die Flasche plötzlich aus der Hand flog, mit einem lauten Knall auf die gegenüberliegende Wand traf und in einen Sprühregen winziger Glasscherben zersplitterte. Und vorher, als ich in dein Gesicht blickte und meine Hand plötzlich aufflog, um dir eine Ohrfeige zu verpassen, ein so jäher Impuls, dass ich in meiner Erinnerung nach einer Vorwarnung suchte, die ihm vielleicht vorausgegangen war, ohne etwas zu finden, nicht einmal einen vage verspürten Wunsch, dir wehzutun.

Kent Avenue; wie ich nichts von dem getan hatte, was in New York zu tun ich mir vorgenommen hatte, wie ich die Ausstellung abgesagt und stattdessen an dem Buch gearbeitet hatte, und manchmal ging ich zu Laura, und wir tranken Bier und hörten Platten in dieser Wohnung, die sich im Laufe der Jahre kaum verändert hatte. Und wie viele Male hatte ich dort übernachtet, auf einem Futon geschlafen und gespürt, wie sich die Holzdielen unter mir jedes Mal mitbewegten, wenn in der Nachbarwohnung jemand durchs Zimmer lief. Einmal ging mein Flug einen Tag vor Lauras geplanter Rückkehr nach New York, und ich schlief als Gast bei einer Deutschen, die dort den Sommer über zur Untermiete wohnte und mir gestand, wie wenig es ihr gefiel, als sie half, mein Gepäck zurück zum Haus zu tragen, *was für eine beengte Wohnung, so heruntergekommen, so heiß und stickig,* und wir stiegen die drei Stockwerke hoch, während der vertraute Geruch von Insektiziden und Rattengift mir sagte, dass ich zu Hause war. Wie sich herausstellte, hasste Annette Lauras Wohnung; um die Wände zu verbergen, hatte sie Stoffbahnen darauf getackert und den Fußboden in einem leuchtenden Kobaltblau gestrichen, am unteren Ende aller Möbel Pinselspuren hinterlassend, doch Annette war das egal, ihr ging es darum, für die Dauer ihres Aufenthalts so viel wie möglich von der Wohnung verschwinden zu lassen, das war alles. Wie verwandelt alles schien, als betrete man einen winzigen Harem; wie eine Höhle aus glänzender, wogender Seide in eine andere führte. Und dann lugte Cub um die Ecke, stieß einen kleinen Schrei aus und sprang mir auf den Schoß, und Annette schaute entsetzt zu, denn sie hatte einen Großteil des Sommers dagegen angekämpft, die Katzen allesamt rauszuschmeißen und eine Geschichte für Laura zu erfinden, so unerträglich fand sie die Tiere, so verdreckt, *ich hätte sie eigenhändig umbringen können,* hatte sie gesagt, als wir den dritten Stock erreichten, es ist pervers, Tiere in so einer Wohnung zu halten. Cub saß auf meinem Schoß, beobachtete Annette aufmerksam und schnurrte unter meiner streichelnden Hand, und ich war froh, zumindest ein Wesen gefunden zu haben, das mich in dieser bizarren Umgebung wiedererkannte, als plötzlich Girl aus dem Schlafzimmer auftauchte, einen Blick in meine Richtung warf und zu einem geschmeidigen, präzisen Sprung ansetzte, und dann saßen beide Katzen auf meinem Schoß, schnurrend und die Rücken zum Buckel gewölbt, während überall Haare herumflogen und Annette aussah, als unterdrückte sie einen heftigen Drang zu schreien, doch sie nahm sich zusammen und ließ sich eine dünne Ausrede einfallen, eine Verabredung, die sie beinahe vergessen hätte, und ich konnte sehen, wie sie sich darüber ärgerte, dass es zu spät war, ihr Angebot zurückzunehmen, und dass sie es an ihrem letzten Abend mit mir würde aushalten müssen, doch ich konnte nur noch an Schlafen denken: Laura wird morgen zurück sein, dachte ich, und dann werden wir diese ganzen Stoffe herunterreißen und die Wohnung wieder in ihren vorherigen Zustand versetzen, und ich lag auf einer Matratze auf dem Fußboden, ein vertrauter Gast in einer fremden Höhle, und sank in tiefen Schlaf, während die Kakerlaken über mich krabbelten, denn Annette hatte in diesem Sommer nicht gerade viel geputzt, und wir fanden die leeren Kokons unzähliger Generationen von Larven hinter den Stoffbahnen, als wir sie herunterrissen, doch das kam später.

Kent Avenue, und der Abend, an dem Walter mich zum Haus zurückfuhr, nachdem wir den ganzen Nachmittag Whiskey getrunken und Zeichnungen angeschaut hatten. Dunkle Kreise, sorgfältig aufgetragen in Graphit; vom Zentrum konzentrisch nach außen kreisende Wörter, Träume, die Walter mit der scharfen Spitze eines Bleistifts ins Papier eingeritzt hatte, sodass sie einen feinen weißen Abdruck in der schwarzen Fläche hinterließen. Paolos Motorradkluft, die in Walters Schrank hing wie ein Gespenst aus Leder, die Ellbogen und Knie ausgebeult vom jahrelangen Tragen; Zeichnungen, die Karten des Nachthimmels ähnelten. Und was sonst hatte er von seinem Freund geerbt? Ich hielt eine der Zeichnungen in meinen Händen und drehte sie langsam, dem kreisförmigen Weg eines Satzes folgend, kaum lesbar in einem tiefschwarzen Feld. *Schnee, Eis, überall. Ich versuche mich durchzuschlagen … in der Ferne stürzt ein Meteorit oder eine Bombe in den Schnee und löst eine Flutwelle aus, vor der wir davonlaufen, es schaffen, ihr immer knapp voraus zu sein. Verschiedenfarbige Raupen werden als Nahrung angeboten. Es scheint ganz natürlich, und ich greife nach einer und erwache.* Die Vorstellung von einem umgestürzten Hocker, von Paolo, der auf dem Boden liegt, die Nadel noch in seinem Arm. Länger werdende Schatten an der Küchenwand, ein- und ausgehende Mitbewohner, die für ein paar Momente im Flurspiegel sichtbar bleiben, bevor sie nach oben verschwinden oder die Fliegengittertür hinter sich zuziehen. Und wie viele verschiedene Leute haben in diesem Haus gewohnt? Erinnerst du dich noch an die Regenwürmer in Billys Kiste mit Muttererde auf dem Küchenboden, seine Nachbarschaftsgartenprojekte? Ich habe ihn nie abgemagert gesehen, nie gesehen, wie er dahinsiechte, die glasigen Augen zum Fenster gewandt, sein apathisches Starren. Ich nahm eine andere Zeichnung zur Hand, um die spiralförmig angeordneten Worte zu lesen. *Ich bin im Unterricht und die neue Lehrerin sagt, wir sollen unsere Sachen ausziehen, bis auf die Unterwäsche. Sie hat Mühe, an die Tafel zu schrei-*

ben, und ständig zu wenig Platz, also schreibt sie weiter auf Tafeln, die sich aus dem Fenster hinaus und in die Landschaft verlängern. Wir müssen über Felder rennen und durch Bäche waten, um die von ihr verfassten Anmerkungen abzuschreiben. Billys unbefangene, gebildete Art, die lateinischen Namen von Pflanzen und Organismen auszusprechen, die ich noch nie gehört hatte: ein Garten Eden, hier in einem Brooklyner Hinterhof. Später saßen wir in Walters altem Pontiac auf der Kent Avenue, und dann wurde es spät, und ich überquerte die Straße und winkte zum Abschied, während er den Wagen wendete, um zurück in die Powers Street zu fahren. Wie Walter mich am Vortag nach SoHo fuhr, damit ich meine Sachen aus der Galerie abholen konnte: Ein Jahr lang hatte ich alles eingesammelt, alles, was den Weg hinaus in die Welt gefunden hatte, von Ausstellungen übrig gebliebene Arbeiten, versprengt in verschiedene Länder, aufbewahrt in Planschränken, in Bildergestellen, manches davon leicht zurückzubekommen, doch vieles mühsam und beschwerlich. Wie gemein wir waren, lässig in der Galerie herumschlenderten, bevor wir schließlich die an der Tür abgestellten Kisten nahmen und den Fahrstuhlknopf drückten. *Ich wische den Staub und Schmutz von einem Buntglasfenster. In meiner Brust steigt eine Emotion auf, kurz davor zu explodieren. Leute schauen zu, und ich offenbare ihnen etwas …* Eine unentwegte Bildung von Allianzen, Verrat und Versprechungen, sich selbst neu erfinden, wieder und wieder und wieder. Keine Abschiedsgrüße, bloß ein flüchtiges Um-sich-Blicken, den Aufzug offen halten, bevor die Metalltüren sich hinter mir schließen. Kreisend und kreisend um sich selbst, die Sätze kreisen und kreisen herum. Buchstabe für Buchstabe, Wort für Wort, kreisend und kreisend und kreisend. *Mir wird in den Hinterkopf geschossen, während ich in einem Restaurant sitze. Ich habe diesen Traum schon früher einmal geträumt – ich erinnere mich an den Schmerz an der linken Seite meines Kopfes, und dann schmecke ich Blut und verliere langsam das Bewusstsein. Ich kenne den Schützen … ich versichere ihm, dass es in Ordnung ist, mich zu töten, obwohl er zögert. Er läuft mehrmals um meinen Stuhl herum … Schließlich hebe ich meine Arme zum Zeichen, dass ich bereit bin, und beinahe heiße ich den Tod willkommen.*

Im J Train zurück zur Marcy Avenue: Ich wartete darauf, dass durch das Metalllabyrinth der Brückenkonstruktion das Gebäude auftauchte, diese ramponierte, weithin sichtbare Burg am Flussufer. Wie die Abendsonne scharfe Streifen auf die Gesichter der Leute warf, tiefgoldene Streifen, die die Haut aufleuchten ließen, als würde von innen heraus ein Licht brennen, die rasant zum Rhythmus der ratternden U-Bahn tanzten; seltsam, wie unabänderlich und absolut ein Moment in solch glühender Vergänglichkeit erscheinen kann. Und die puerto-ricanischen Mädchen mit ihren Springmessern, die herumalberten und friedlich mit ihren Messern spielten, während die Sonne das Metall wieder und wieder erfasste, wie eine jähe Flamme. Leg das Ding weg, sagte eine von ihnen, ein Kichern unterdrückend; du siehst aus wie 'ne typische Puerto-Ricanerin. Gelächter. Leute, die krumm auf ihren Sitzen hingen und ein Nickerchen machten oder standen, mit einem Arm die Haltestange umklammernd, leicht hin- und herschwankten und die *Daily News* lasen. Die Plakatwand, die der Zug immer passierte, wenn er in den Bahnhof einfuhr: Zeuge von Polizistenmord? Wählen Sie die 1-800-Cop-SHOT, mit einer diagonal durch das zweite O laufenden, gezackten roten Schmierspur, was offenbar an das Visier einer Handfeuerwaffe oder an eine Zielscheibe erinnern sollte. Und das Sonnenlicht auf den sorgfältig frisierten chassidischen Frauen mit ihren Babys, ihre damenhaften Hüte festgesteckt an ihren Perücken und schimmernd in einem leuchtenden Glanz, der alles reliefartig hervortreten lässt, jedes einzelne Haar deutlich erkennbar macht. Ich schließe die Augen und bin eingetaucht in einen strahlenden Raum von der Farbe meines eigenen Blutes, Abendlicht, das durch die Membranen meiner Augenlider durchscheint; ich öffne sie wieder und frage mich, wie lange der letzte Moment eines Lebens dauern kann, kann er sich bis ins Unendliche ausdehnen, frage ich mich, kann die Seele angehalten werden, schwebend gehalten in einer nie endenden Phase des Übergangs? Ein Desaster lauert bei jedem Schritt, an jeder Ecke; jeder neue Moment birgt in sich eine Fülle von Katastrophen, die nur darauf warten einzutreten. Ich gehe an der Bahnsteigkante entlang, als ein Zug in den Bahnhof einfährt, und ich weiß, es sind nur Zentimeter, die mich von der Vernichtung trennen, oder eine kurze Handbewegung, wenn ich am Mittelstreifen der Autobahn entlangfahre. Jeden Tag, die tausend Kleinigkeiten, die schiefgehen können – mein Bahnhof könnte unerwartet auftauchen, und wenn ich die Sachen auf meinem Schoß packe und mich beeile auszusteigen, könnte ich über den Schulterriemen meiner Tasche stolpern, und ein Bein könnte im Spalt zwischen Zug und Bahnsteig eingeklemmt werden, während sich die U-Bahntüren schließen – tausend Kleinigkeiten, vor denen man auf der Hut sein muss, ihre verheerenden Folgen; ein Moment der Unachtsamkeit, in jedem Moment ein Desaster, das darauf wartet einzutreten.

Nicht mehr zu sein als diese eine körperliche Entität, die ihr Gedächtnis in einem fragilen Schädel herumträgt wie ein Ei auf einem Löffel. Meine gesamte Existenz hängt davon ab, die Unversehrtheit dieser weichen und empfindlichen Materie zu erhalten, sie stets mit ausreichend Nahrung zu versorgen, zu verhindern, dass sie leckschlägt und ihre kostbare Flüssigkeit verliert, dieser Körper, den alles überdauern wird, was ich um mich herum sehe, alles, was ich berühre: der Stuhl, auf dem ich sitze, das Papier, auf dem ich dies schreibe, nichts ist so ephemer wie ich selbst. Das Blut, das in meinen Adern pulsiert, mein schlagendes Herz, all diese Stoffwechselprozesse in infinitesimalem Zusammenwirken, all diese Zellen, die dies oder jenes transportieren wie Milliarden emsiger Ameisen in einer riesigen Ameisen-Megalopolis der Systeme und Strukturen und Funktionen. Und die eine der Maschinerie inhärente spezielle Schwäche ist aller Wahrscheinlichkeit nach sogar jetzt offenkundig; eine spezielle, die minimale Beschleunigung der Kalkablagerungen fördernde Krümmung einer Arterie zum Beispiel. Der exakte Zeitpunkt, an dem die allmähliche Verengung eines Gefäßes bei einem bestimmten Grad von Viskosität den freien Durchfluss verhindert, ist ein kalkulierbarer Quotient, vielleicht sogar jetzt. Dennoch bin ich nach wie vor am Leben: Mein Herz schlägt, meine Augen sehen, ich bin nach wie vor eingebettet in leibhafte Erfahrung, und die Ameisen hasten weiter hin und her, hin und her.

Bedford Avenue: der Abdruck, den dein Schweiß im Firnis des Klavierstuhls hinterließ; die Sammlung von an die Wand gehefteten Zeitungsfotos. Die 92nd Street Y: wie oft ich in jenem Sommer schwimmen ging, während du, in Unterhemd und Unterhose, auf dem Klavier spieltest, das wir von dem Laden in der Ludlow Street gemietet hatten. Der Whirlpool, das stampfende Geräusch von Leuten, die über der Umkleidekabine irgendeine Variante von Kampfsport trainierten. Die Tanzvorführung von Grundschulkindern unten in der Turnhalle, auf dem Basketballfeld; wie ich ihnen zusah durch das in die Galerie oben eingebaute Fenster des Fitnessraums, während ich mich an einem Gerät abmühte, das Treppensteigen simulieren sollte. Und die Eltern, die an der Wand standen, manche mit Blumensträußen in der Hand, was kostete eine Mitgliedschaft für zwei Monate, ich weiß es nicht mehr, aber wir lebten von sechs Dollar am Tag, drei davon habe ich jedes Mal, wenn ich in den Norden von Manhattan fuhr, für U-Bahn-Jetons verbraucht. Wie wir unsere Reiseschecks in Alufolie gewickelt im Gefrierfach versteckten.

Bedford Avenue, und der Tag, an dem Tamara anrief, um uns zu sagen, dass die Wohnung in der Fidicinstraße mit Flöhen verseucht war. Sie hätte die Tür aufgeschlossen und die Wohnung betreten, weil sie die Pflanzen gießen wollte, sagte sie, und wäre plötzlich von allen Seiten attackiert worden. Zuerst wusste sie nicht, was es war; gequält von einer Unmenge winziger stechender Schmerzen, begriff sie erst, was los war, als sie bereits kniehoch in einem Meer hüpfender schwarzer Punkte stand. Und ich, die am Tisch saß und Fotos aus der Zeitung ausschnitt und mich fragte, mit wem du gerade sprachst. Vor mir das Bild einer kleinen Menschenmenge: alte Frauen mit Kopftüchern, alte Männer mit Wollkappen, in die Luft gestreckte Arme, offene, mitten im Schrei erstarrte Münder. Jede der Frauen hält ein gerahmtes Foto hoch, sechs Bilder in verschiedenen Winkeln gehalten wie schaukelnde Bojen auf wogender See, sechs junge Männer, manche steif in die Kameralinse blickend, manche verträumt, manche im Halbprofil, manche noch kleine Jungs. Drei tragen Anzug und Krawatte, einer hat ein am Hals aufgeknöpftes Hemd an, einer eine Militäruniform, und zur Rechten sieht man das Foto eines Mannes, der sich hinkniet, mit einer eng anliegenden, schief herabgezogenen Baskenmütze und einer Kalaschnikow, die seine Arme an die entblößte, wollige Brust drücken. Seine Augen sind eingefroren im blinden Starren der arrangierten Pose; Teppichboden und der Rand eines Fernsehgeräts, eines Sofas sind im Hintergrund sichtbar. Ein Foto, in das ein anderes Foto verpflanzt worden ist, eine Zeit enthalten in einer anderen, und im Hintergrund über Balkone hängende Blumen, eine Terrasse mit einer Wellplatte aus Kunststoff, die als Sonnenschutz dient; vielleicht jemand, der versucht, ein paar Tomaten zu ziehen. Von einem Strommast aus spannen sich Elektroleitungen in weiten Bögen zu den Gebäuden entlang der Straße, die jetzt angefüllt ist mit einer erregten Menge und deren Geschrei, festgehalten auf Film und für immer stumm, wie das handgemachte Schild, das am äußeren Rand der Menge hochgehalten und vom grellen Sonnenlicht ausgelöscht wird. Ich schaue es mir genauer an, versuche, die Worte zu erraten, kann jedoch nur die nicht zu entziffernden Reste einzelner Buchstaben sehen, formlose Kleckse, die sich in den Punkten des Offset-Rasters verlieren. Ich kann sie skandieren hören, sie im Rhythmus der Sprechchöre ihre Arme schütteln sehen. Manche der Hände gestikulieren, Daumen und zwei Mittelfinger aneinandergelegt und die anderen beiden abstehend wie die Ohren eines Tieres im Schattenspiel für Kinder. *Siehst du, es ist bloß ein Kaninchen, es gibt nichts, wovor du dich fürchten musst, mein Schatz, schau nur, wie sich das Maul des Kaninchens bewegt, das Kaninchen fürchtet sich nicht vor der Dunkelheit, oder?* Hände, die gefüttert haben, die Windeln gewechselt, die eingeseift und geschrubbt, die die von den jungen Männern getragenen Hemden gebügelt haben. Die ihre Jacken abgebürstet, ihnen übers Haar gestreichelt, die ein Laken angehoben haben und jetzt ein Zeichen für ihre gefallenen Söhne machen, Tod für Öcalan, Tod für Öcalan. Und du am Telefon mit Tamara, Flöhe; absurd. Es war die Rede davon, einen Kammerjäger einzuschalten; wenn kein Wirt vorhanden ist, erzählte man uns später, schlummern Flöhe. In Erwartung der Rückkehr des Wirtes vermehren sie sich jedoch in rasantem Tempo.

Und noch ein Foto: eine in zwei Lager gespaltene Gruppe Männer, Gestalten eingefroren in einer Vielzahl von Posen und Mienen. Münder halb geöffnet zum Spott, zum Schrei, schlaff herabhängende oder nach vorn gereckte Kiefer, entblößte Zähne hinter straff gespannten Mündern, Augen starr vor Wut oder ängstlich umherhuschend. Und eine Vielzahl von Armen, entblößt oder mit bis zu den Ellbogen aufgekrempelten Hemdsärmeln, gestikulierend, raufend, zusammenlaufend im Zentrum des Bildes, links und rechts vom Rahmen abgeschnittene, in den Kameraausschnitt hineingreifende Arme, die im Zentrum des Fotos ein Objekt emporhalten: ein imposanter Goldrahmen mit dem gemalten Porträt eines chinesischstämmigen Millionärs. Sein Gesichtsausdruck ist aufmerksam und würdevoll, seine Augen, die dem Porträtmaler in die Augen geblickt haben, blicken nun in die Kamera; hinter ihm, in der Ferne, liegt sein indonesisches Domizil. Eine Fensterfront in einer Backsteinfassade, halb aufgezogene Vorhänge, den Blick freigebend auf Innenräume, die gerade auseinandergenommen werden; schlammige Schuhe und nackte Füße, die den Dreck und den Neid auf teure Teppiche und Parkettfußböden hereinschleppen, Mobiliar, das nach draußen geworfen wird, wo prächtige Bäume und sorgsam gepflegte Stauden den plündernden Mob einrahmen. Und der gemalte Mann, von gleicher Größe wie die Gestalten auf dem Foto und genauso real, oder vielmehr auf dem bedruckten Papier genauso flach, der einen dunklen Anzug und Krawatte trägt und neben einem verschnörkelten Sessel posiert, emporgehalten von sechs Armen und einem Mann mit geballter Faust, eingefangen mitten im Sprung, mitten im Zuschlagen, und der in der Schwebe gehaltene gemalte Mann, seltsam unbeeindruckt, sein reservierter Blick ein Magnet, ein Reservoir der Ruhe im Auge eines Sturms. Und im Vordergrund ein Mann mit Baseballkappe und Flanellhemd, im Begriff, eine Porzellanvase zu Boden zu schleudern, wo sich Kabel von bis zur Unkenntlichkeit zertrümmerten Elektrogeräten an der zugemüllten Terrasse entlang schlängeln. Ein Gegenstand liegt neben ihm, eine umgestürzte Schreibmaschine vielleicht, dessen vage Konturen sich in den Punkten des Offset-Rasters verlieren. Im Hintergrund wenden sich mehrere Männer von der Kamera ab und schauen zur Tür des Hauses, wo die Marodeure ihre Beute nach draußen schleifen; ein Mann lächelt breit in die Kamera, und ein anderer wirft einen ängstlichen Blick über seine Schulter. Und das im Foto zentrierte Porträt, das einen Augenblick vor seiner Vernichtung vor der Kameralinse schwebt, das anmutet, als wäre es sicher eingebettet in das Pandämonium, merkwürdig unabänderlich und still, als wäre der Porträtierte immun gegen die drohende Gefahr, unzugänglich in seinem gemalten Universum und geschützt. Und ein dahinter stehender Mann, verdeckt von dem großen Rahmen und nur sichtbar von der Taille abwärts, seine Füße in Gummilatschen, schwarze, unter dem Knie abgeschnittene Hosen, zwei unter dem Gemälde hervorragende Beine wie eine Verlängerung des Millionärskörpers, ein Augenblick der Kongruenz zwischen dem wütenden Mob und dem Bildnis des Millionärs, der offenbar gerade noch rechtzeitig geflohen ist.

Die Motten, die in den Orangenschalen im Atelier zu nisten begannen; wie ich es zuerst gar nicht bemerkte, halbierte Schalen in einer Plastiktüte, die neben der Heizung in der Ecke vertrockneten. Und eines Tages nahm ich sie heraus und verteilte sie auf dem Schreibtisch, füllte die ausgehärteten Schalen mit einem Gemisch aus Gips und Leim und übermalte sie mit weißer Ölfarbe, nur den feinen Rand der Schale und den Punkt des Nabels freilassend. Und alle paar Tage übermalte ich sie mit einer weiteren Schicht Weiß, die weichen Haare des Pinsels glitten über die geriffelte Oberfläche, und dann entdeckte ich ein stecknadelgroßes Loch und dann noch eins, und dass die Schalen befallen waren, begriff ich erst, nachdem sich eines Tages ein winziger gelber Wurm auf dem Pinsel kringelte, all diese verschrumpelten weißen Körbchen mit kleinen braunen Nippeln und einer unsichtbaren Wucherung sich windender Larven unterhalb der Oberfläche, die Miniaturtunnel durch die Gipsfüllungen gruben. Und was probierte ich nicht alles, um sie zu töten, ich erstickte sie in einem Topf Terpentin, ließ sie in der Sonne liegen, damit sie eingingen, legte Fallen mit dem Duft eines Geschlechtshormons aus, die die männlichen Motten in ihre klebrige Umklammerung locken sollten, doch sie waren nicht kleinzukriegen, obwohl einige von ihnen irgendwann wieder in die Kisten mit den Katalogen im Regal umsiedelten, nachdem ihr Orangenschalenparadies nicht mehr ganz so ideal war. Und dann zogen wir um, und einige der Kisten aus dem Atelier wurden in die neue Wohnung verlagert, und jetzt, nach wie vielen Generationen, kriecht gelegentlich ein dünner gelber Wurm die Wand hoch, und ich starre ihn beunruhigt an, erstaunt über diese Zähigkeit, diesen Lebenswillen.

Eisenbahnstrasse, und die Schlangen von Ostberlinern, die auf ihr »Begrüßungsgeld« warteten, hundert Mark pro Kopf, mit besten Empfehlungen der Regierung der Bundesrepublik Deutschland. Warteschlangen bis hinauf zur Köpenicker Straße, zur Muskauer Straße, die aus jeder Bank im Kiez herausquollen und sich um ganze Straßenblocks herumschlängelten. Nah beieinander stehende Menschen, die sich schweigend anstellten, teilnahmslos, hin und wieder ein paar Schritte weiter schlurften und ihre Habseligkeiten mit den Zehen ihrer weichsohligen Kunstlederschuhe vorschubsten, identische rot-blau karierte Einkaufstaschen, vollgepackt mit Thermosflaschen und in Wachspapier eingewickelte Butterbrote, Menschen, die offensichtlich das Warten gewöhnt waren. Und jetzt hatten sie vor allem im Kopf, harte Westmark in den Händen zu halten, denn ihre eigene Währung war irgendwie albern geworden mit ihren leichtgewichtigen Aluminiummünzen und dem schwindenden Tauschwert: wie bitter, ein ganzes Leben gearbeitet zu haben für eben dieses Geld und mitzuerleben, wie es plötzlich wertlos wird, lächerlich, ein ganzes System, ein ganzer Staat nichtig geworden, lächerlich, praktisch über Nacht. Ich überquerte die Straße, noch immer mit der Stimme meiner Mutter im Ohr, die sich am Telefon abmühte mit den medizinischen Details deiner versagenden Nieren, diese beiden erschöpften Organe, die kontinuierlich toxische Säfte in deine Blutbahn sickern ließen. Ich schloss die Augen, und alles war merkwürdig unsichtbar, merkwürdig leer, ein schwarzer Tunnel in einem Gruselkabinett mit aus verborgenen Ecken hervorspringenden Kreaturen, ihre Gesichter von unterhalb des Kinns kurz beleuchtet mit einer angeknipsten, wieder ausgeknipsten Taschenlampe, im Nichts verschwindend. Später, nachdem ich deine Tagebücher mitgenommen hatte nach Berlin, würde ich mich daranmachen, deine kryptischen Abkürzungen zu dechiffrieren, einzudringen in die aufeinanderfolgenden Kammern deines geheimen Selbst, bis es mir schließlich gelang, den Tag festzustellen, an dem man dir gesagt hatte, du müsstest dich auf das Unvermeidliche vorbereiten, das »Große N«, wie du es genannt hattest, das totale Nierenversagen. Ich stellte mir vor, wie du diese Information notiert hattest in einem deiner Kalender, von Hand mit dem Lineal in einen gelben Spiralblock gezeichnet, den Kaufbeleg mit Tesafilm an die Innenseite des Umschlags geklebt; ich stellte mir vor, wie du den Niedergang deines Körpers protokolliert und mit niemandem darüber gesprochen hattest, doch das kam später. Ich öffnete die Tür zur Drogerie und ging einen hell erleuchteten Gang hinunter, während ein Aufgebot von Deodorants und Duschgels zu beiden Seiten vorbeiströmte; ich versuchte mich zu erinnern, was ich hatte kaufen müssen. Ich ertappte mich dabei, wie ich eine Flasche Shampoo in meine Tasche gleiten ließ, und war so überrascht, dass ich stehen blieb und mich umschaute, um zu sehen, ob mich jemand beobachtete, als ich auf einmal spürte, wie ein Schwall von Wut in mir aufstieg; ich will jetzt nicht nach New York fliegen, du kannst jetzt nicht sterben, mein Leben ist so lange ein einziges Chaos gewesen, und jetzt habe ich endlich mit dem ersten richtigen Stipendium, das ich je bekommen habe, eine Fabriketage renoviert, und ich lege gerade erst los, *und wann wirst du dir eine richtige Arbeit suchen*, höre ich dich fragen, denn für dich war es nicht mehr als ein Almosen, nicht wahr, Geld aus dem Vermächtnis eines Malers, dessen Werke ich mir oft im Museum of Modern Art angeschaut hatte, an den eintrittsfreien Tagen – den überfüllten Tagen –, und für dich war es eine milde Gabe. *Ach Daddy.* Woher kam dieser Zorn, und wieso beschlich mich die Angst erst am nächsten Tag, im Flugzeug, als ich nicht wissen konnte, ob du bei meiner Ankunft noch am Leben sein würdest, doch das kam später. Ich ging zur Kasse, um für das Geschirrspülmittel und das Anheizholz in meinem Einkaufswagen zu bezahlen; ich verstaute das Wechselgeld, zog den Reißverschluss meiner Geldbörse zu und war auf dem Weg zum Ausgang, als plötzlich eine große Hand meinen Arm festhielt. Kommen Sie bitte mit. *Wissen Sie, ich weiß nicht mal, warum ich das gemacht habe*, sagte ich zu dem Ladendetektiv, als ich ihm zum hinteren Bereich des Verkaufsraums folgte und er auf die Einwegspiegel zeigte, die die Wände zu beiden Seiten säumten. Ich wartete, bis die Polizei eintraf und meinen Namen und meine Adresse aufschrieb; ich erhielt Hausverbot, während ich eine konfuse Entschuldigung stammelte. Später, bei der Beerdigung, würden die Leute mich beäugen, als wäre ich eine Art Berühmtheit; Berlin war der Ort, auf den die Blicke der ganzen Welt gerichtet waren, in genau diesem Moment, und ich war soeben eingetroffen mit der noch frischen Aura von Geschichte, die gerade geschrieben wird. Es stieg mir zu Kopf, es war, als wäre gerade etwas unglaublich Lustiges passiert, und ich stellte mir vor, wie sie alle an mir herummeißelten, kleine authentische Stückchen von mir wegbrachen, doch das kam später. Ein paar Nachbarn trafen ein; einer der Männer aus dem Haus nebenan, wo zwei Stanleys und zwei Wandas wohnten und ein Polizist namens Jim, der an jedem 4. Juli zu Sonnenuntergang das opulenteste Geheimlager an Feuerwerkskörpern zum Vorschein brachte, das wir je gesehen hatten, wie ein zu groß geratenes Kind, das einen versteckten Vorrat Spielsachen hortet, und sie bis in die frühen Morgenstunden abschoss. *Scheißkorrupt*, sagtest du. *Sie sind gesetzlich verpflichtet, das Zeug abzugeben, und was macht er? Typisch irischer Bulle – hat sie irgendwelchen Kids abgeknöpft.* Einer der Stanleys kam auf mich zu, um mir sein Beileid auszusprechen, und ich spürte, wie mich eine Woge von Schwindel erfasste; er streckte die Hand aus, und obwohl ich zutiefst bewegt war, kam mir der Gedanke, dass ihn vielleicht bloß eine morbide Neugier motivierte. Ich zielte auf seine Wange und drückte stattdessen einen feuchten Kuss auf seinen Hals, ein Spasmus der motorischen Steuerung, die kurzfristig daneben gegangen war; ich wich zurück und musterte diesen Mann, dessen langes strähniges Haar über den Schädel gekämmt war, um die kahle Stelle zu verdecken, der jeden Abend eingeschlafen und jeden Morgen erwacht war mit seinem unrasierten Kinn auf einem Kissen, das nur wenige Meter von meinem entfernt lag, der die gleiche Straße zur gleichen Bushaltestelle hinuntergegangen war wie ich, ohne mit einem von uns auch nur ein einziges Wort zu wechseln, einen einzigen Blick, Tag für Tag über Jahre hinweg. Wie sonderbar wir diese Nachbarn immer fanden und wie still sie waren im Vergleich mit unserem schlampigen, turbulenten Haushalt, ihre Jalousien zugezogen und nicht das geringste Geräusch, der kleinste Pieps, bloß hin und wieder einmal ein plötzlicher Jubel, eine Runde Applaus von hinter einer Jalousie, die beiden Stanleys waren offenbar Fans irgendeiner Sportart, doch es war schwer zu sagen von welcher: Es passierte nie während der Footballsaison, der Baseballsaison, fiel nie zusammen mit der Eishockey-Meisterschaft, der Fußballweltmeisterschaft; vielleicht bejubelten sie irgendein außerirdisches Spiel, das eine fremde Spezies auf einem anderen Planeten spielte. Die Fuge im Beton, die unsere Zufahrt von ihrer trennte; wie ich immer das Gefühl hatte, etwas Gefährliches zu tun, wenn ich über sie hinwegflitzte, um einen verirrten Ball zurückzuholen. Zwei Kinder wuchsen in diesem Haus auf, und wir lernten sie nie kennen; man brachte ihnen bei, beim Gehen geradeaus zu schauen, brachte ihnen bei, niemals *Guten Tag* zu sagen oder mit irgendjemandem in Blickkontakt zu treten. Und später kam auch Mrs. Tobiassen, um ihre Anteilnahme zu bekunden, und berichtete mit munterer Stimme, die sich jahrzehntelang dem näselnden Staten Island-Tonfall widersetzt und stur ihre norwegische Färbung beibehalten hatte, sie und ihr Mann würden sehr gut auf sich aufpassen, *sehr gut aufpassen*, betonte sie, um dafür zu sorgen, dass dies – und dabei wies sie mit einem geziert angewinkelten Zeigefinger auf den Sarg, als wolle sie ein kleines pelziges Tier kitzeln –, dass *dies* niemals einem von *ihnen* passieren würde.

Und am nächsten Tag, wie ich Tante Emma am Terminal der Staten Island-Fähre abholte und zu unserem Haus brachte, Tante Emma, die die ganze Fahrt über Kette rauchte, und ich, die Vokale in mich aufsaugend, die leicht nasale Aussprache, diese Stimme, die so sehr wie deine klang, in der eine ganze Generation, eine ganze verlorene Welt enthalten war. Und angekommen im Haus, Tante Emma auf der Suche nach einem Aschenbecher, und ich, die Küchenschubladen durchforstend, wo sich eine Bürste mit einem Knäuel verfilzter gefärbter Haare und ein Gebiss fanden, aber kein Aschenbecher, die vollgestopften Küchenschränke durchforstend, Fläschchen mit feingemahlenem Oregano und Basilikum und verschreibungspflichtige Ampullen, das Bluthochdruckmedikament meiner Mutter, das Schmerzmittel meiner Mutter, und alles klebrig von fettigen Fingerabdrücken, aber kein Aschenbecher, kein einziger Aschenbecher im ganzen Haus. Und dann irrte Tante Emma in die Küche, mit brennender Zigarette und einer hohlen Hand darunter, damit die Asche nicht auf den Boden fiel, und meine Mutter bemerkte, ohne jemand Bestimmten anzusprechen, diese Art von Gestank wolle sie in ihrem Haus nicht haben, nicht in der Nähe der Speisen und der vielen Aufschnittplatten: Schinken, Roastbeef, Provolone; der Duft von Kaffee, der durch eine Maschine läuft, Schachteln mit abgepacktem Streuselkuchen und Doughnuts, die sich auf dem Küchentresen stapelten. Tante Emma hatte keinen Hunger, also schlug ich vor, ein bisschen rauszugehen an die frische Luft; sie warf sich ihren Mantel über die Schultern, und wir verließen das Haus und spazierten zum Bestattungsinstitut, während sie in nachdenklichem Schweigen eine Zigarette nach der anderen rauchte. Wir wollten gerade den Parkplatz überqueren, als ich zum ersten Mal aufsah und eine Flotte Leichenwagen entdeckte, die in einer Reihe auf dem Kies standen, glänzende schwarze Limousinen, in deren makellosen Oberflächen sich die Äste darüber spiegelten, und dann sah ich, dass sich die Größe des

Bestattungsinstituts hinter ihnen verdoppelt hatte, dass man ein zweites Stockwerk aufgesetzt hatte; seltsam, dass es mir am Vortag nicht aufgefallen war. Wir gingen, die kleinen Steine unter unseren Füßen knirschend, auf den Eingang zu und betraten ein überfülltes Foyer, von dem aus man Einblick in vier verschiedene Aufbahrungshallen hatte, in denen gerade Totenwachen abgehalten wurden. Ich spähte in eine von ihnen und sah einen aufwendig gestalteten Holzsarg; der geöffnete Teil des Deckels enthüllte den auf weißem Satin ruhenden, gepuderten und frisierten Leichnam einer Frau mittleren Alters mit einem um ihre manikürten Finger drapierten Rosenkranz. Ich wandte rasch den Blick ab. Mir fiel ein, dass ich irgendwo etwas über einen Skandal gelesen hatte, einen Leichnam, der nur oberhalb der Taille zurechtgemacht worden war; offenbar hatte es jemand für Zeitverschwendung gehalten, den Rest des Körpers einzukleiden, da er ja von der unteren Hälfte des Sargdeckels verborgen wurde. *Was du nicht weißt, macht dich nicht heiß.* Wir gingen weiter und betraten den Raum, in dem mein Vater aufgebahrt lag in einem Meer von Blumen und in seinem besten Anzug und einem Paar Schuhe, an dessen Innenseite mit Kugelschreiber das Kaufdatum vermerkt war, eine seiner Eigenheiten, wo die letzten seiner Brüder und Schwestern bald der Reihe nach an den Sarg treten würden, um ihm die letzte Ehre zu erweisen, wo Tante Lulu, die kaum noch gehen konnte, von ihrem Stuhl aus *Leb wohl, Artie!* ausrufen würde und alle im Raum verstummen würden. Später ging ich hinaus und ins Foyer, ausgestattet mit mehreren steifen Sesseln, deren vergoldete Armlehnen und Beine sich aus der Samtpolsterung vorwölbten, und abgedunkelt durch schwere Brokatvorhänge, die an beiden Seiten in zwei majestätischen Bögen gerafft und von Flechtkordeln mit goldenen Quasten festgehalten wurden, und ich fragte mich, welchen historischen Stil das wohl imitieren sollte, hier mitten auf Staten Island, gegenüber von einem Burger King und einer Kmart-Filiale. Ich setzte mich auf einen der Sessel neben einen Aschenbecher, ein schmaler Aluminiumzylinder mit einer Sammlung ausgedrückter Kippen, die Köpfe in Sand getaucht wie ein Schwarm seltsamer Vögel, dachte ich, und zündete mir eine Zigarette an. Und einen Augenblick später setzte sich ein alter Mann neben mich und stellte sich vor; er habe mit meinem Vater zusammen gearbeitet, sagte er. Ein feiner Mann. Ich nickte höflich und heftete den Blick auf den Teppich; meine Augen folgten dem Muster des Perser-Imitats bis zum Absatz eines Schuhs und machten Halt. Er war ein guter Vater, antwortete ich und wandte mich ihm zu. Er hat immer von Ihnen gesprochen, fuhr der Mann fort, wie seine Tochter dies getan hätte, wie seine Tochter jenes getan hätte, Sie waren sein ganzer Stolz, wussten Sie das? Ich studierte die Runzeln in seinem Gesicht, diesen Mann, dem ich nie zuvor begegnet war, der jedoch irgendeinen anderen Teil von dir gekannt hatte, den Teil, der jeden Tag das Haus verließ, um arbeiten zu gehen, Stunden, bevor wir für die Schule aufstanden, der sich jeden Tag zur Mittagspause hinsetzte, mit einem Salami-Sandwich vielleicht oder einem Brötchen mit Rührei, ihr beide in euren identischen grauen Overalls, eure orangefarbenen Schutzhelme auf dem Boden unter dem Tisch abgelegt, eine halbe Stunde für die Mittagsmahlzeit und eine Zeitung, die auf den Sportseiten, den Baseball-Ergebnissen aufgeschlagen war. Der Mann starrte noch einige Momente vor sich hin, sein freundliches Gesicht gedankenverloren, und dann wandte er sich mir zu und sagte, er werde meinem Vater noch ein letztes Mal die Ehre erweisen, bevor er nach Hause aufbrach. Ich dankte ihm und gab ihm die Hand, und dann sah ich zu, wie er davonging, versuchte, mich an seinen Namen zu erinnern, bis ich merkte, dass ich ihn nicht richtig gehört hatte, seinen Namen gar nicht wirklich verstanden hatte, aber vielleicht wird meine Mutter ihn kennen, einer der engsten Freunde meines Vaters von der Arbeit, bestimmt wird meine Mutter es wissen, und dann sah ich ihn an der Halle vorbeigehen, in der mein Vater aufgebahrt war, weiter zu einer anderen Tür am hinteren Ende des Foyers, und die Hand eines Fremden schütteln, der davorstand; er war gekommen, um an einer anderen Bestattung teilzunehmen und hatte unwissentlich die Tochter des falschen Entschlafenen getröstet.

Mit einem Mal wandte ich mich um und fragte Onkel Louie nach Pippi, im Flüsterton, ob er noch am Leben wäre, ob ich ihn besuchen könnte, und Louie starrte eine Weile unverwandt auf den Sarg, und dann schrieb er die Adresse des Sanatoriums auf einen Zettel und drückte ihn mir in die Hand, zusammen mit einem Zehn-Dollar-Schein. Lad ihn zum Mittagessen im Diner an der Ecke ein und kauf ihm vom Rest ein paar Päckchen Zigaretten, sagte er, und dann stand er auf und ging weg. Und als ich dann einige Tage später nach Far Rockaway fuhr und in einen starken Meereswind hinaustrat, beschloss ich, erst die Zigaretten zu kaufen, und dann vergrub ich mein Gesicht im Mantel, während mein Schal mir ums Gesicht schlug, ein Straßenblock, zwei Straßenblocks, in der strahlenden, kalten Sonne. Ich meldete mich an der Rezeption an; zur einen Seite hin gab es eine Art Gemeinschaftsraum mit einem Fernseher, angebracht über der Tür, wo die Bedienungsknöpfe deutlich außer Reichweite waren, und dann tauchte eine Pflegerin auf und führte mich in ein kleines Zimmer, wo ein alter Mann voll bekleidet auf einem schmalen Bett lag. *Hier ist jemand, der dich besuchen will, Joseph.* Der alte Mann auf dem Bett reagierte nicht. *Möchtest du nicht aufstehen und deinen Gast begrüßen, Joseph?* Er ist tot, dachte ich, sehen Sie nicht, dass er tot ist? Doch dann wälzte der alte Mann sich gehorsam auf die Seite und brachte sich in Sitzposition. Die Pflegerin lächelte mir zu und verließ das Zimmer, und ich stand neben dem Bett und wusste nicht, was ich sagen sollte. Ich bin deine Nichte, begann ich. Der alte Mann blickte teilnahmslos zu mir auf. Hättest du Lust auf einen Spaziergang? Er erhob sich langsam und schlurfte mit gesenktem Kopf aus dem Zimmer. Ich wusste nicht, was ich machen sollte, also folgte ich ihm. Ich bin gerade aus Berlin angekommen, sagte ich, als ich ihn einholte, und er blieb stehen und machte große Augen. Donnerwetter, erwiderte er; offenbar hatte er die Nachrichtensendungen gesehen, Horden fassungsloser Ostberliner, die in winzigen Autos Grenzübergänge passierten;

Horden ekstatischer Westberliner, die ihnen zujubelten. Ich bin die Tochter von Artie, erinnerst du dich an deinen Bruder, fragte ich, war aber nicht sicher, ob er verstanden hatte. Ich bot ihm das Päckchen Zigaretten an, und sein Gesicht leuchtete auf; ich sah zu, wie er die Cellophanhülle abzog, sich bedächtig eine ansteckte und den Rauch tief in die Lungen sog. Er ist tot; er ist letzte Woche gestorben, sagte ich, doch Pippi gab keine Antwort, zündete bloß eine Zigarette nach der anderen an, rauchte jede bis zum Filter hinunter und drückte sie dann mit seinem Schuh aus. Hin und wieder erhob er sich von seinem Platz und schlurfte zum anderen Ende des Raums, und dann folgte ich und setzte mich auf einen Stuhl neben ihn. Er schien mich völlig vergessen zu haben, als er dort saß und nachdenklich rauchte, und irgendwann hörte ich auf, ihm jedes Mal zu folgen, wenn er den Platz wechselte. Im Fernsehen lief ein Werbespot: eine glückliche Familie in einem schönen Zuhause; eine adrette Mutter mit manikürten Nägeln, die etwas hinter ihrem Rücken hielt und wissend in die Kamera lächelte. *Einfach in die Mikrowelle schieben – und voilà! Sie werden den Unterschied gar nicht bemerken*, und kurz darauf stellte ich fest, dass Pippi verschwunden war. Ich blickte mich beunruhigt im Raum um, und einen Moment später tauchte er aus der Herrentoilette auf, mit einem langen Schweif Klopapier hinten aus dem Hosenbund hängend, den er über den Boden hinter sich herschleifte. Ich folgte ihm durch den Raum, und dann setzte ich mich neben ihn und sagte ihm, er solle in die Toilette zurückgehen und sich ordentlich sauber machen, ob er denn nicht sähe, dass er schmutziges Klopapier mit sich herumschleppe, warum er nicht aufpasse, was er tue, und warum er eigentlich so unhöflich wäre, ob er denn nicht mitbekommen hätte, dass ich extra angereist wäre, um ihn zu besuchen? Er sah mich an und schien sich auf einmal wieder an mich zu erinnern; *ach Gott, tut mir leid*, sagte er, und dann schwieg er. Ich ließ meinen Blick durch den Raum wandern, zu den anderen Patienten, die auf Plastikstühlen saßen und auf den Fernseher oder ausdruckslos vor sich hin ins Leere starrten, während die Massen auf dem Bildschirm über ihnen jubelnd um die Grenzübergänge tanzten und ein paar Übermütige auf die Mauer kletterten, die Arme hochgereckt zum Siegeszeichen. Pippi fuhr fort, eine Zigarette nach der anderen zu rauchen, während ich ihn aus dem Augenwinkel beobachtete, diesen Onkel, dem ich vorher nie begegnet war, der die letzten fünfundvierzig Jahre in einem Sanatorium gelebt hatte und den ich nie hatte sehen dürfen, von dem ich nicht mal gewusst hatte, denn du sprachst nie von ihm, du sprachst überhaupt nicht viel, und ich hatte es gewagt, ihn zum ersten Mal zu besuchen, diesen Mann, der dir ähnlicher sah als alle deine anderen Brüder zusammen. Und das Einzige, was ich von ihm wusste, war, dass er eines Tages Großmutters Möbel aus dem Fenster geworfen hatte, und dass er sich früher nackt ausgezogen hatte und durch das ganze Viertel geirrt war, bis jemand ihn fand und nach Hause zurückbrachte. Der Nachmittag ging dahin, und irgendwann fragte er, ob es in Ordnung wäre, wenn er sich hinlegen würde; es wäre Zeit für sein Nickerchen, sagte er. Und als ich eine Woche später nach Far Rockaway zurückkehrte, wusste er nicht mehr, wer ich war, und ich packte ihn warm in seinen Mantel ein und versuchte, ihn in den Diner auszuführen, doch der Wind war immer noch zu stark, und wir hatten es gerade bis dorthin geschafft, als er wieder zurückwollte, also kehrten wir um, und ich saß im Foyer und schaute zu, wie er wieder ein ganzes Päckchen Zigaretten rauchte, eine nach der anderen, mit deinen Augen, deinen auf das andere Ende des Raumes gehefteten Augen. Schließlich verließ ich das Sanatorium und trat hinaus in die blendende Nachmittagssonne, den strahlend blauen Himmel und den Wind, der mir den Atem nahm, Far Rockaway, du kamst jede Woche mit Onkel Eddie hier raus, und du hast es mit keinem einzigen Wort erwähnt, niemandem gegenüber.

Die Verkehrsinsel am Kottbusser Tor, wo die Treppe von der Hochbahn hinunter zur U-Bahnlinie führt. Eine Konstruktion aus Pappkartons, an der Seite des Treppenschachts abgestützt, zusammengebunden mit Stücken Schnur. Zwei oder drei mit Mülltüten gefüllte Einkaufswagen; eine von einer Öffnung in der Pappwand herabhängende Plastikfolie; innen ein paar auf dem Boden ausgebreitete alte Matratzen, bedeckt mit einer dicken Schicht Zeitungspapier. Und unablässig im Kreis fahrende Autos, der aus allen Richtungen strömende Verkehr von der Skalitzer Straße, von der Adalbertstraße, von der Reichenberger Straße und der Kottbusser Straße, doch die Insel selbst sonderbar abgeschieden, diese kleine vergessene Republik mit der eingezäunten Treppe, die unter die Erde führte, versunken in einem Meer von Taubenkot, leer und friedlich mitten im Dröhnen von Autos und Lastwagen und der Hochbahn und den heulenden Sirenen von Rettungswagen und immer wieder Mannschaftswagen der Polizei, die die Junkies auf der anderen Straßenseite im Auge behielten, und ich stellte mir vor, wie es wäre, dort zu leben, ungestört und nahezu vergessen in meinem ruhigen Papphaus auf meiner eigenen, sich im weiten Kreis um mich ausdehnenden kleinen Insel, der Rest der Welt draußen, jenseits der fernen Küste.

Fidicinstrasse. Wie viele Male haben wir die Leinwände umquartiert, sie vorsichtig aus dem Gestell gezogen, sie um den Tisch, den Ofen herummanövriert, sie nach vorn gekippt, damit sie nicht an die Decke stießen, und sie dann auf die Seite gedreht, als vollführten wir gekonnt eine Abfolge exakter Tanzschritte. Und so vorsichtig wir auch waren, wie die Ecken der Bilder manchmal die Decke streiften, wenn wir sie drehten; wie sie kleine farbige Linien hinterließen, rot, blau, türkis, so wie die Striche eines über den Blattrand hinaus irrenden Zirkels, parallele Segmente des gleichen weiten Bogens. Im Hof an der Hauswand lehnende Bilder, in einem gemieteten Transporter festgezurrte Bilder, und ich, die baumlose Straße hinunterblickend auf gebeugte Gestalten, die in Hauseingängen auftauchten und in Richtung U-Bahn davoneilten, dem Geräusch der auf dem Kopfsteinpflaster herannahenden Autos lauschend, das im kleinen Innenraum des in zweiter Reihe geparkten Umzugwagens mitschwang und die Plane schnell gegen die Bordwand schlagen ließ, wenn sie vorbeirasten. Wie ich mir eine Windböe vorstellte, die den Transporter vom Boden hochheben und forttragen würde, mich und meine Bilder und meine Jacke auf dem Vordersitz mit einer kleinen Papiertüte in der Tasche, zwei Brötchen mit Butter und Käse und Essiggurken, Proviant für eine lange und ungewisse Reise.

Fidicinstrasse. Ich stand vor einem türkischen Imbiss, drehte die Münzen in meiner Hand und wartete darauf, dass der Verkäufer das Fenster für den Straßenverkauf aufschob. Ein kleiner Park gegenüber, ein Spielplatz, hell leuchtend in der Nachmittagssonne; Kastanienbäume mit ihren jungen klebrigen Knospen, grüne Sprenkel reflektiert im Glas der Ladenfront und schillernd vor einem Geflecht aus goldenen Ästen. Das Innere des Ladens dicht gedrängt mit Menschen, die Tee tranken, zu Mittag aßen, düstere Schatten, kaum erkennbar hinter den durchsichtigen Bildern von Schaukeln und Rutschen und einer geneigten Ebene, die wie ein Kreisel auf einem Drehgelenk rotierte, mit Kindern, die hinaufkletterten, auf ihr entlangliefen, manche auf wackligen Beinen und manche, die sich auf die Knie fallen ließen und sich taumelnd im Kreis drehten. Ein zwischen zwei Pfosten gespanntes langes Stahlseil, mit einem daran entlang sausenden Sitz; das dumpfe knirschende Geräusch, wenn die Kinder absprangen und unten im Sand landeten. Ich lauschte ihrem Rufen, ihrem Lachen, vereinzelten Fetzen, die sich vermischten und mit der kühlen Brise davonschwebten; ich schaute aufs Fenster, auf die Spiegelungen ihrer Jacken und Mützen in der Ferne, rot, grün, gelb, leuchtend vor einem dunklen Hintergrund von Mänteln, die sich an das dunkle Glas vor mir drückten, hinter dem Tresen dicht gedrängt Leute, die darauf warten zu zahlen. Das Funkeln der Bäume, der strahlende Sonnenschein auf den Fassaden der Gebäude jenseits des Spielplatzes, und dann, von dahinter, plötzlich zwei dunkle Augen, die verärgert zurückblicken, eine Frau im Innern der Imbissstube, die mich durch die Fensterscheibe mustert. Und dann wird mir klar: Sie denkt, ich starre sie an, und wie sehe ich für sie aus, eine von einem Sonnenstrahl hell erleuchtete Gestalt, die mit zugekniffenen Augen aufmerksam, beharrlich in ihre Richtung blickt. Woher soll sie wissen, dass ich sie kaum sehen kann und dass ich bloß in Gedanken versunken war, den Spielplatz über meine Schulter betrachtet habe, auf der anderen Straßenseite hinter mir?

Fidicinstrasse, und die Reisetasche auf dem Fußboden; eine Strumpfhose mit einer Laufmasche über der Ferse und das Kostüm, das ich bei der Verleihung getragen hatte, jetzt voller Knitterfalten und der Stoff irgendwie billig wirkend, was mir vorher nie aufgefallen war. Der zusammengerollte Scheck mit dem Preisgeld, die gelochten Bahnfahrkarten in einem kleinen Stapel auf meinem Schreibtisch: Schon auf dem Weg zum Bahnhof Zoo hatte ich ein ungutes Gefühl gehabt, als ich an den frühmorgendlichen Trinkern vorbeiging, die darauf warteten, dass Ullrich aufmachte, damit sie ihren Schnaps kaufen konnten; ich wollte nur noch kehrtmachen und nach Hause gehen. Doch ich bestieg meinen Zug, und später am Tag holte mich der Direktor vom Bahnhof ab; wir fuhren zu seinem Haus auf dem Land und besprachen die Einzelheiten der Ausstellung, während weidende Kühe geräuschlos am Autofenster vorbei glitten. Ich war der persönliche Gast des Direktors, und die folgenden Tage vergingen mit dem Auspacken von Kisten und dem Aufbau der Werke, stets nach den Vorgaben seines Terminplans: Meinen Kaffee trank ich jeden Morgen am Frühstückstisch mit den Radionachrichten im Hintergrund, den Weg in die Stadt verbrachte ich auf dem Beifahrersitz; allmählich ging mir der Gesprächsstoff aus. Später am Tag führte er mich meist zum Mittagessen aus, zum Abendessen, einen Tag in dieses Restaurant, einen Tag in jenes Restaurant, und jedes Mal, wenn ich gerade bestellen wollte, machte er ein Gesicht und sagte, der Fisch sei das Einzige, was sie hier gut machten, oder das Steak. Eines Nachmittags gingen wir zum Essen zu einem nahe gelegenen Straßenmarkt, und ich zog glücklich davon, wie ein Hund, den man schon eine Weile nicht mehr von der Leine gelassen hatte; ich wollte gerade eine Linsensuppe bestellen, an einem mit karierten Schleifen dekorierten, von einer untersetzten Frau mit karierter Schürze geführten Stand, doch dann fühlte ich mich verpflichtet, ein weiteres Mal seiner Empfehlung zu folgen und stattdessen eine lokale Spezialität zu probieren, ich kann mich nicht mehr erinnern, was es war, doch ich kann mich noch ganz deutlich an den Anblick der Linsensuppe erinnern, an die dünnen Scheiben Karotten und fein gewürfelten Zwiebeln. Und so ging es weiter, Tag für Tag, während ich die Bilder aufhängte, die Objekte aufbaute, unzählige Male den Standort der gepolsterten Vitrinen änderte, bis ich mich für ein endgültiges Arrangement entschied und die Objekte auf ihren Samtkissen platzierte, Früchte, die ich mit vielen Schichten weißer Ölfarbe übermalt hatte, die trocknete und hart wurde und allmählich in sich zusammensank, als die Früchte darunter verschrumpelten und nur mehr eine kleine, runzlige Schale übrig blieb. Und die meisten waren leicht und fragil, mit ein paar getrockneten Samen, die innen rasselten, nachdem der Rest zu Staub zerfallen und die übrig gebliebene Haut der Ölfarbe eine Art fossiler Abdruck der Zersetzung der Frucht war. Eine war jedoch schwer wie ein Stein, ein Schwarzrettich, der auf die Größe eines Eis geschrumpft war und noch immer einen Gestank von Fäulnis verströmte, den die Glasabdeckung der Vitrine verbarg. Und dann traf die Presse ein, und der Direktor führte uns in ein Foyer mit einem Kreis schwarzer Kunstledersessel, deren Sitze so niedrig waren, dass wir alle, außer dem Direktor, unerwartet tief in sie hinein sanken, am Ende beinahe in eine Liegestellung gerieten, aus der wir uns dann wieder zu einer aufrechten Position hochrappeln mussten. Ich hockte auf dem Rand meiner Sitzfläche und der Redakteur hockte auf dem Rand von seiner, während der Direktor sich über seine Institution ausließ und all das, was er bislang erreicht hatte, die Horizonte, die noch lockten, die Grenzen, die noch zu überwinden waren, den Redakteur ansprechend, der es versäumt hatte, über die Ausstellungen der letzten zwei Jahre zu schreiben, und der jetzt, obwohl er offenkundig die Verleihung des Preises als ein ausreichend beachtenswertes Ereignis einstufte, um einen Fotografen zu engagieren und die Fahrt aus der Nachbarstadt auf sich zu nehmen, schon auf seine Uhr schaute. Sollten wir nicht einfach einen Rundgang durch die Ausstellung machen, schlug ich vor, und der Redakteur nickte heftig; wir kämpften uns aus unseren Sesseln und steuerten, den Direktor mitten im Satz stehen lassend, auf den angrenzenden Ausstellungsraum zu. Als ich abends beim Essen die Speisekarte studierte, mich fragte, ob es mir wohl diesmal gestattet sein würde, eigenständig zu bestellen, räumte der Direktor ein, es sei vielleicht momentan ein bisschen schwierig, mit ihm auszukommen; seine Freundin hätte sich kurz zuvor von ihm getrennt, sagte er. Und eigentlich, fügte er hinzu, hätte auch jede Frau vor ihr es nicht lang mit ihm aushalten können und eines Morgens ihren Schlüsselbund mit einer unter die Vase geschobenen kurzen Mitteilung auf dem Küchentisch hinterlassen, der gleiche Bund Ersatzschlüssel, dachte ich, der von Hand zu Hand weitergereicht wurde, und zum ersten Mal ertappte ich mich dabei, ihn beinahe zu mögen, obwohl diese plötzliche Vertraulichkeit mich unvorbereitet traf und es mir schwerfiel, in einen persönlicheren Ton umzuschalten. Und ob ich ihn ebenfalls zu dominant fände, zu herrisch, wollte er wissen. Was um alles in der Welt soll ich sagen, fragte ich mich bestürzt, sodass ich ihn gar nicht richtig verstand, als er wehmütig in sein Weinglas lächelte und fragte, ob wir nicht Du zueinander sagen könnten. Und auf einmal hörte ich mich stammeln *Wie bitte? Wie bitte?* mit einem beinahe hysterischen Unterton, weil ich dachte, er hätte gerade wieder eine Entscheidung getroffen, was ich mir zum Essen bestellen sollte, während mir gerade klar geworden war, dass ich eigentlich nichts weiter wollte als eine einfache Pizza. Er wiederholte die Frage, auf seinen Teller starrend, und ich sagte *natürlich* und versuchte zu lächeln, und während ich auf die steif gefaltete Serviette blickte, die auf seinem Teller saß wie ein seltsamer Vogel, zwang ich mich, *Du* zu sagen, und ermahnte mich im Verlauf der folgenden Tage immer wieder, *Du* zu sagen, obwohl ich *Sie* dachte, jedes Mal *Sie*. Später, als die Preisverleihung begann, würde der Direktor seinen Platz auf dem Podium einnehmen, sich eine Brille aufsetzen und seine Notizen auf Armlänge entfernt halten; dann würde er aufschauen, sich das Blatt dicht vor die Nase ziehen und die Augen zu Schlitzen verengen, während das Publikum zu schmunzeln begann. Er war in seinem Element, als er mit einer koketten Portion Selbstironie das Eis brach; ich stellte mir vor, wie er das bestimmt vor jeder Rede tat, das Publikum an seinem kleinen Scherz teilhaben ließ und in heitere Stimmung brachte. Er begann, die Geschichte unserer Bekanntschaft zu erzählen, die keine einfache Bekanntschaft gewesen sei, wie ich bald erfuhr, aber eine bedeutsame, reich an Überraschungen, reich an Herausforderungen. Ich spürte, wie mir die Röte in die Wangen schoss, und ein Summen sich in meinem Innenohr einnistete; *spielt er auf irgendwas an,* fragte ich mich beunruhigt, spielt er hier sehr, sehr diskret auf irgendwas an? Und dann hörte ich mit einem Mal meinen Namen; ich wurde von einem strahlenden Lächeln, einem ausgestreckten Arm zum Podium gewunken, und ich stand mühsam auf, bewältigte die Wegstrecke bis nach vorn in einem Paar Schuhe mit Absätzen, die zu tragen ich nicht gewohnt war, und fing an, etwas ins Mikrofon zu murmeln: einen kurzen Text, den ich während eines Romaufenthalts geschrieben hatte, eine Inschrift, die nie realisiert wurde, da sie ihrem Wesen nach flüchtig war. Ich dachte einen Moment lang, dass das gerade Gesagte eigentlich keinen Sinn ergab, und dann begann ich, mein Gedicht zu lesen, aufgeschreckt vom Klang meiner verstärkten Stimme, und dann war ich plötzlich fertig, und ich hob den Blick zum schweigenden Publikum, verwirrt, ohne noch irgendetwas zu sagen zu haben, und ratlos, was ich als Nächstes tun sollte, als der Direktor, sein Blick fragend und drängend zugleich, mir zu Hilfe kam; es war an der Zeit, zu meinem Platz zurückzukehren, und ganz plötzlich begriff ich das und zog mich hastig zurück, während er mit der Verkündung meines Namens und einer Auflistung meiner Leistungen die Versammlung zu einer Runde gehorsamen Applauses animierte. Ich erreichte meinen Platz, während das Klatschen verebbte und es im Raum still wurde; der Direktor räusperte sich und begann, die deutsche Übersetzung zu lesen. Er las viel besser, als ich es getan hatte, machte Pausen und schaute seinen Zuhörern hin und wieder in die Augen; dieser Mann war dafür geboren, vor einem Publikum zu stehen, dachte ich, und ich war es nicht, und als er zum Ende kam, blieben seine Augen noch einen Moment auf das Blatt fixiert, und dann hob er den Blick, lächelte, und im Raum brach begeisterter Applaus aus. Nach der Zeremonie stand ich unbeholfen herum in meinem neuen Kostüm, das ein bisschen tiefer ausgeschnitten war, als ich gedacht hatte, signierte den Katalog für eine Schlange Ausstellungsbesucher, schrieb *Meine besten Wünsche für Wolfgang, Alles Gute für Monika,* oder später, erschöpft von der Wiederholung, einfach meinen Namenszug und das Datum, meinen Lippenstift in den Strumpfhosenbund geklemmt und den Scheck über das Preisgeld zusammengerollt in meiner Hand, denn ich wusste nicht wohin damit, und so wartete ich, bis niemand herschaute, und schob ihn in meinen BH, *wie eine Prostituierte*, dachte ich, doch was blieb mir anderes übrig?

Ich schaue dir in die Augen, und einen Moment lang glaube ich, dich sehen zu können. Ich sitze zu deiner Rechten, ziehe mir eine Strickjacke über die nackten Schultern und stoße an dein Knie, als ich das eine Bein über das andere schlage. Ich entschuldige mich, und meine eigene ungeschickte Entschuldigung ist mir peinlich. Wenn ich mich doch bloß verwandeln könnte, von einem Augenblick zum anderen in einen Vogel, oder in einen Schmetterling; ich würde mich auf deiner Schulter niederlassen, ich wäre ein Moment des Entzückens und nicht dieser Schmerz, den ich zu verbergen suche. Wieder und wieder ertappe ich mich bei der Suche nach einem Zeichen, nach einem Hinweis, dass ich am Leben bin und nicht bloß träume. Wenn ich die Verkörperung deines Verlangens sein könnte, wenn ich das Glas auf dem Tisch vor dir sein könnte, das Glas, nach dem deine Hand greift; wenn ich in dem Moment dieses Glas werden könnte, in dem du es an deine Lippen führst, um einen Schluck zu nehmen, ich würde es tun – und ich würde hier bei dir bleiben, in diesem Garten, für immer.

Kent Avenue, und der Tag, an dem ich aus Berlin zurückkam, jene Woche, die ich im März mit dir verbrachte, wie frei ich mich fühlte und wie erleichtert, als ich meine Koffer durch die automatischen Glastüren schob, den Flughafen hinter mir ließ, die Schlüssel zur Fabriketage in meiner Manteltasche, das Taxigeld schon separat zusammengefaltet in meiner Geldbörse. Ein ungewöhnlich kalter April, ungewöhnlich nass, die Wythe Avenue hinunter im Regen, und ringsherum das trostlose, trostlose Brooklyn, die baufälligen zweigeschossigen Häuser, das Gerümpel in den Vorgärten, und hier und da aus dem Boden schießende neue Backsteinbauten mit Eisenzäunen und üppigen Grünflächen, übersät von Abfällen, die über den Zaun geweht oder geworfen worden waren, absurd optimistische Versuche, ein Stück Vorstadt hierher zu verpflanzen. Und die zerfetzten Plastiktüten, die sich in den Ästen der Bäume verfangen hatten, überall diese zerfetzten, von kahlen Ästen flatternden Streifen Plastik. Dieser verregnete April, die Übersetzung des Buches und die Erinnerung an die Woche mit dir, an jene letzte Nacht, eingewickelt in die fleckige Wolldecke im großen Zimmer, zitternd, weil ich es nicht mehr ertragen konnte, neben dir zu schlafen.

Kent Avenue, und der ganze Aufwand, den ich mit Bewerbungen um eine Dozentur getrieben hatte, die ganze beharrliche Korrespondenz. Ich war in diesem Jahr bereits einmal für die Vorstellungsgespräche nach New York geflogen: Abends, untergekommen bei Joan, sah ich mir Star Trek im Fernsehen an und überlegte mit ihr, wie sie einen Mitbewohner loswerden könnte, der seine Hälfte der Miete seit Monaten nicht gezahlt hatte. Eine bizarre Handlung um eine außerirdische Spezies, die sich beim Eintritt des Todes im Körper ansiedelt, sich mit dem Gedächtnis und dem Charakter des Verstorbenen vermischt und die menschliche Hülle als ihren Wohnsitz beibehält. Verräterische Furchen auf der Stirn, eine gräuliche Hautfarbe, und wie ich am nächsten Tag, unterwegs zur West Side für ein Vorstellungsgespräch um elf Uhr, alle zehn Schritte anhielt, um eine Socke hochzuziehen, und nachgrübelte über den Außerirdischen, der immer noch sehr stark der Frau ähnelte, deren Körper er jetzt bewohnte, in ihre Vergangenheit vordrang, auf ihre Liebesbeziehungen zurückgriff, ihre Gewohnheiten; war diese Frau auf irgendeine Art und Weise immer noch am Leben, oder war es bloß ein Abdruck ihres verlorenen Selbst, das der Außerirdische sich einverleibt hatte? Ich wartete in einem klimatisierten Foyer, bis der Fachbereichsleiter auftauchte, der in seinen kurzen Hosen aussah, als wolle er gleich in seinen Sommerurlaub aufbrechen. Ein kraftvoller Händedruck, eine lapidare Entschuldigung, und ich wurde in einen anderen Raum geführt, wo ich meine Dias über einem Leuchtkasten ausbreitete und der Leiter sie aufmerksam betrachtete, während dunkle Schatten gespenstisch über sein Kinn, seine Wangen und seine Brauen krochen. Plötzlich richtete er sich auf und lächelte. Melden Sie sich, sobald Sie wieder in New York sind; wir werden einen Vortrag für den Herbst einplanen, und dann besprechen wir den Rest. Und dann stürmte er mit meinem Paket Dias und Katalogen unter dem Arm davon, und auf einmal musste ich daran denken, wie der Schiffsarzt der Frau eine Spritze gegeben hatte, um ihre äußerlichen außerirdischen Attribute zu unterdrücken, denn die Pointe des Plots bestand darin, dass sie ein ungewöhnlicher Grenzfall war, dass ihre Selbstwahrnehmung noch immer weitgehend ihrem früheren Menschsein entsprach. Und dann verschwanden nach und nach ihre Furchen, die graue Hautfarbe, und ihr normales Aussehen war wiederhergestellt (wie sich später zeigte, waren jedoch Teile ihres Gedächtnisses keineswegs lückenlos, und zur großen Bestürzung aller entschlüpfte ihr hin und wieder ein einzelnes fremdartiges Wort). Die Woche im Juni, das herrlich klare Wetter, und dann die plötzliche Hitzewelle: wie es sich anfühlte, als würde das Fleisch unter meiner Haut kochen, wie ich benommen herumlief und nach klimatisierten Buchläden suchte, in die ich flüchten konnte, bis ich mir eine Sommergrippe einfing. Und dann erinnerte ich mich, dass die Spritze nicht nur kosmetisch wirken sollte; sie diente dazu, einen langsamen Prozess der Verwandlung aufzuhalten, in dessen Verlauf der Außerirdische allmählich zum eigenständigen Wesen wurde, während sich die Identität des menschlichen Wirts mehr und mehr auflöste. Der Morgen des Rückflugs nach Berlin; wie ich auf der Eingangstreppe zu Joans Haus wartete und wie der Flughafenbus nicht kam und ich meinen Koffer hinüber zur Second Avenue schleifen und ein Taxi anhalten musste, fiebernd und fröstelnd in der 37-Grad-Hitze. Der Flug nur mehr ein verschwommener Eindruck; ein fünfstündiger Aufenthalt in Brüssel, ausgestreckt über drei Sitze in dem Versuch auszuruhen. Und dann, in meinem Fieberdelirium, erinnerte ich mich daran, dass ich dich irgendwie anrufen musste, und entdeckte, dass ich meine Stimme verloren hatte. Wie ich einer gepflegten Dame von der Fluggesellschaft einen Zettel über den Tresen schob; wie sie die Nummer mit der Spitze ihres Kugelschreibers wählte, während ich hilflos dabeistand, umgeben von einer Gruppe aufgebrachter Passagiere, die Informationen über ihre Anschlussflüge verlangten, außerstande, ein einziges Wort von mir zu geben.

Kent Avenue, und die Vergrößerungen von Zeitungsfotos, mit denen ich die Wände tapeziert hatte: Fünfhundert Quadratmeter digitales Material, ein Vermögen an mühsam ausgehandelten Sponsorengeldern lag nutzlos herum, während ich jeden Tag an meinem Schreibtisch saß, umgeben von Aung San Suu Kyi, Pinochet, einem palästinensischen Mädchen namens Heuam, Bildensembles, die vom Boden bis zur Decke reichten und sich in ausgedehnten Feldern vergrößerter Punkte auflösten. Der letzte Absatz eines Artikels über Sarajevo aus dem *New York Times Magazine,* mit den Jahren vergilbt und aufgeblasen zur fünfzigfachen Größe des Originals; Kleinbuchstaben so groß wie meine Hände. *Doch von Zeit zu Zeit … kommt mir eines in den Sinn, und es schmerzt mich. Ich schaue mir Fotos meiner Mutter und meines Bruders an, und ich beginne mich zu fragen, was ist nun mit ihren Körpern geschehen, wie sehen sie aus in der Erde? Und diese Frage bringt mich um.* In der Bibliothek an der 42nd Street verbrachte Vormittage, beschäftigt mit Recherchen für die Übersetzung eines Texts über altägyptische Einbalsamierungsrituale. Bevor der Trocknungsprozess beginnen konnte, musste jedes Organ separat in einem Kanopenkrug aufbewahrt werden; die verbleibenden Weichteile und Körperflüssigkeiten wurden in einer basischen Lösung aufgelöst und rektal ausgepumpt, und das Hirn wurde mit einem speziellen Haken durch die Nase herausgezogen. *O siehe, du wirst beklagt, wirst beklagt! Deine beiden Arme sind ein Wasserlauf in der Überschwemmung; deine Knie sind mit Gold durchwirkt; deine Brust mit Sumpfpflanzen; deine Zehen leiten dich zu den guten Wegen. Deine Finger sind Körner aus Gold; ihre Nägel sind Messer aus Feuerstein gegen das Gesicht derer, die dir dies angetan haben.* Allein das Herz wurde sorgsam umwickelt und an seinen ursprünglichen Ort zurückgelegt. Ein paar Tage später stand ich an Christophers Schreibtisch gelehnt und fragte ihn, ob er glaube, seine Studenten suchen nach einem Sinn im Leben, suchen danach in ihrer Kunst, oder ob sie hauptsächlich davon träumen, erfolgreich zu sein, von der vermeintlichen Unsterblichkeit des Ruhms. Und ob er ihnen gesagt habe, dass es wahrscheinlich keiner von ihnen je sein würde, oder vielleicht gäbe es einen, dem das gelingen würde, einen, der wie eine Rakete nach ganz oben schießen und überall sein würde, seine Arbeiten in allen Museen, sein Gesicht gedruckt auf den Titelseiten aller Magazine, bis sie sich wundern würden über die Metamorphose im Klang seines Namens, ein gewöhnlicher Name, der keinen gewöhnlichen Klang mehr besäße, weil er von zu vielen Leuten ausgesprochen, zu viele Male abgedruckt worden war, weil der Ruhm ihn in ein Markenzeichen verwandelt hatte, wie wird das für sie sein, fragte ich mich. Können sie sich vorstellen, dass Jahre später, wenn die Mehrzahl von ihnen in anderen Berufen gelandet sein wird – das eine Glas zu viel bei einer Party, das unbedachte Geständnis: Hab ich dir schon mal erzählt, dass ich mit *Soundso* studiert habe? Die hochgezogenen Augenbrauen; das merkwürdige Nebeneinander des Einzigartigen mit dem ganz und gar Gewöhnlichen. Christopher führte mich in eine Bürozelle, wo ein Grafiker am Layout der nächsten Ausgabe arbeitete, ein kleines Laboratorium, wo Karrieren fabriziert, Namen geschmiedet und in Umlauf gebracht wurden. Mein Blick wanderte über die Wand mit den Publikationen und Ausstellungskatalogen zum Fenster und zu den Gebäuden dahinter, hinüber zum Broadway, wo die Nachmittagssonne unwahrscheinlich lange Schatten warf: von den kleinsten Unregelmäßigkeiten ausgehende Linien, die sich meterlang über die Fassaden der Gebäude zogen, als sei die Stunde der Maßlosigkeit angebrochen. Ich sah mich in einem Seminar stehen und zu einer Gruppe Studenten sprechen. Die Kunst ist kein Beruf, würde ich ihnen sagen, *und es gibt nichts, was ich euch beibringen kann.* Und sie würden mit wissendem Lächeln dasitzen, zusammengesunken auf ihren Stühlen, würden träge mit ihren Stiften auf den Knien trommeln und auf das Bonmot warten, die Pointe, die nicht kommen würde; ein betretenes Schweigen würde sich breitmachen wie ein großer schrecklicher Ballon, der den Raum allmählich mit seinem seltsamen, angespannten Atem füllt und alles in ihm zu ersticken droht. Und dann würden sie mich ausbuhen, mich mit Gelächter vertreiben, denn ihre Eltern bezahlten ein Vermögen, um sie zur Kunsthochschule zu schicken, und sie hatten jedes Recht auf ihre Illusionen.

Ein Kind sitzt auf einem Teppich, vor sich einen kleinen Haufen bunter Bauklötze. Die Stirn des Jungen ist vor Konzentration in Falten gelegt, als seine Hand nach einem Klotz greift, ihn in einen Kasten ablegt und nach einem anderen greift, doch er sammelt sie nicht nach der Farbe ein oder nach der Größe; er hat ein anderes System, eines, das ich nicht nachvollziehen kann. Manchmal bewegt sich seine Hand auf einen bestimmten Klotz zu und zögert, und dann greift er stattdessen nach einem anderen, und ich kann in der Abfolge seiner Auswahl nichts entdecken, was seine Korrektur erklärt, keine besondere Präferenz für die Bauklötze, die am nächsten liegen, oder für irgendein besonderes Muster. Er scheint ganz einfach einen bestimmten Klotz zu bemerken, ihn auf eine Weise zu sehen, die ihn von allen anderen ihn umgebenden Klötzen abhebt, und seine Miene zeigt eine dezidierte Entscheidung, als er nach dem Klotz greift, ihn in die Hand nimmt und in den Kasten wirft, während seine Augen aufs Neue zurück zum Teppich wandern. Ein in den Kasten geworfener Klotz und dann ein weiterer, jeder Klotz wird, einer nach dem anderen, in den Kasten geworfen, und als er fertig ist, nimmt er sie wieder heraus, einen nach dem anderen, und schleudert sie auf den Teppich, wo sie zuvor gelegen haben.

Kent Avenue, und die Bäume, die entlang der Zäune im Viertel gewachsen waren, Maschendrahtzäune, die mit alten Kühlschränken und rostigen Autoteilen vollgestopfte, leer stehende Grundstücke abriegelten. Unkraut, das zurückzuschneiden sich niemand die Mühe gemacht hatte, geschmeidige Triebe, die sich zwischen den rautenförmigen Gittern wanden, hinein und hinaus, sich hindurchwebten wie genähte Fäden und von Jahr zu Jahr wuchsen, bis ihre Stängel sich allmählich zu Ästen versteiften und die Frage, ob man sie entflechten könne, sich gar nicht mehr stellte; jetzt waren sie unentwirrbar. Und dann kam der Frühling, und überall gab es eine Explosion von Grün, die ersten aus den gefesselten Stämmen sprießenden frischen Blättchen. Und hier und da war ein Baum zurückgeschnitten worden, und oft blieb ein Stück abgehacktes Holz in einem Zaun verfangen, weil der Stamm gewachsen und angeschwollen war, sich den Draht in sein verwundetes Fleisch einverleibt und es mit Schichten vernarbter Borke überdeckt hatte.

KENT AVENUE, und die furchtbare Erkältung, die ich mir zugezogen hatte; wie sie jeden Tag schlimmer wurde, während ich mit dem Diaprojektor im Dunkeln saß, jedes an der Wand auftauchende Bild betrachtete und mir Vorwände für eine Absage der Vorlesung ausdachte. Hin und wieder verfing sich ein winziges Stück zitternde Fluse in einem der Diarahmen, und ich beobachtete das wilde Flattern ihres Schattens über das projizierte Bild, wie ein Baumzweig in einem heftigen Sturm. Flora schrieb die Namen homöopathischer Mittel auf eine Teebeutelhülle, Pulsatilla, Belladonna, und schließlich fand ich sie in einem koreanischen Deli auf der First Avenue. Der Besitzer tippte den Betrag in die Kasse ein, einen Anflug ironischer Belustigung verbergend, während er die Auslage der kleinen Ampullen in eine prominentere Position schob. Am nächsten Tag saß ich auf dem Podium und ließ den Blick über ein Auditorium erwartungsvoller Gesichter schweifen und glaubte einen Moment lang zu träumen: Ich räusperte mich und begann zu lesen, und dann, ganz plötzlich, ging die Tür auf, und in einem schmalen Lichtstrahl tauchte ein orangeroter Haarschopf auf. Jemand, der darauf wartete, den Raum zu nutzen; ein kurzes Durcheinander; eine Frau vom Tagungspersonal murmelte eine Entschuldigung, die Tür fiel zu, und ich fuhr fort, einem schweigenden Raum vorzulesen, während der Klang meiner eigenen Stimme von irgendwo außerhalb meines Schädels zu kommen schien. Wie rasch ich sie erkannt hatte. Die Wochen, die folgten: wie ich es hinausschob, die Hochschulen zu kontaktieren, bei denen ich mich vorgestellt hatte, und stattdessen an dem Buch arbeitete, doch das kam später. Das Schuljahr war bereits weit fortgeschritten, sie rechneten mit meinem Anruf, doch ich vertagte ihn immer wieder, bis das Semester sich dem Ende zuneigte und es viel zu spät geworden war und ich keine andere Wahl hatte, als meine eigene Lähmung zu akzeptieren: sechs Monate E-Mails, neunundneunzig Anrufe, und warum war ich außerstande, den hundertsten zu machen; doch das kam später. Die Konferenz im Hotel Algonquin dauerte noch einige Tage, und ich ging wieder hin, um die akademische Luft etwas länger einzuatmen; ein junger Professor hielt einen Vortrag über die Theorien von Peirce. *Fallibilismus: in der Erkenntnistheorie die Auffassung, dass Überzeugungen nicht notwendigerweise als gewiss jenseits aller Möglichkeiten des Zweifels nachgewiesen werden müssen.* Aus dem Augenwinkel bemerkte ich, wie jemand in die Reihe mit Klappstühlen vordrang, in der ich saß; ich zog meinen Mantel auf den Schoß und hörte weiter zu. *Peirces pragmatische Maxime war eine Theorie der Bedeutung, die durch die erfahrbare Differenz zwischen der Wahrheit und der Falschheit einer Behauptung bedingt ist, während James eine pragmatische Theorie der Wahrheit vorschlug als etwas, das zu glauben letzten Endes zufriedenstellt.* Ich blickte flüchtig zur Seite und sah das orangefarbene Haar, die taxierenden blauen Augen: Es gab einen ganzen Raum voll leerer Plätze, und doch hatte Jeanne den neben meinem gewählt, als wäre eine geheimnisvolle magnetische Kraft am Werk, die sie andauernd in meine Richtung schickte, wieder und wieder. Sie beugte sich vor und fragte mich nach dem Namen des vortragenden Professors; ich sagte, ich wüsste ihn nicht, reichte ihr mein Programm und nutzte die Gelegenheit, sie genauer zu betrachten. Ich hatte sie seit fast zwanzig Jahren nicht mehr gesehen; sie schien sich nicht an mich zu erinnern. Sie hielt sich das Programm dicht vors Gesicht und kniff die Augen zusammen; es war, als ob ich gestorben wäre und mich dann in einer unsichtbaren Form wieder eingeschlichen hätte, um ohne Konsequenzen in die Augen der Lebenden zu blicken. *Peirce kritisierte Descartes' Erkenntnistheorie wegen ihres Intuitionismus, der besagt, dass es einige absolut gewisse, selbstevidente Gegenstände des Wissens gibt.* Wusstest du, dass dies hier fast genauso ist wie ein Traum, wollte ich sagen, du und ich, nach all diesen Jahren – und wie kann es sein, dass du dich nicht erinnerst, wie ich in deinem Penthouse in Sutton Place saß, die Recherchen, die ich für dich angestellt hatte, ausgebreitet auf dem

Tisch zwischen uns, wie kann es sein, dass du dich nicht erinnerst, wie ich zu der Serie von Warhols hinaufblickte – *sind das Originale?*, fragte ich stammelnd –, wie kann es sein, dass du dich nicht an die Verachtung in deinem heiseren Lachen erinnerst, als du dich vom Tisch erhobst, um den Rahmen eines Bildes zurechtzurücken, das ein bisschen schief hing?

Kent Avenue, und wie ich manchmal dastand und ins Leere starrte, davon träumte, ein Lager für die Leinwände zu bauen, die all die Jahre im Keller meiner Mutter im Dunkeln gestanden hatten. Aber alles nach Brooklyn zu transportieren, bei einem Gewerbemietvertrag, schien eine waghalsige Aktion, und ich baute das Lager nie, fuhr nie hin, um die Bilder zu holen, und als der folgende Sommer begann, kehrte ich nach Berlin zurück und vergaß es. Und dann verkaufte meine Mutter das Haus; doch das kam später. Ich stillte noch das Baby, also beauftragte ich Emma, raus nach Staten Island zu fahren und die Bilder nach Brooklyn zurückzubringen, wo sie sie ordnete und in Luftpolsterfolie verpackte und die Kisten für den Transport baute. Die folgenden Wochen waren erfüllt von ominösen Gefühlen bei Tag und bangen Träumen bei Nacht: Wir überquerten einen Fluss auf einem wackligen Floß, all unsere Möbel dicht gedrängt um uns herum, all unsere Bücher aufgetürmt zu schwankenden Stapeln, und alles zusammengebunden, um zu verhindern, dass es durch das rhythmische Schaukeln des Wassers umkippt. Und wo wollten wir hin, und was ist das, bloß ein Haufen alter Bilder, bloß ein Haufen alter Skizzenbücher; ist doch lächerlich. Eve und Emma am Telefon im Haus meiner Mutter: Wir sind jetzt im Keller, hier steht eine alte Kommode, eine alte Truhe, und ich am anderen Ende einer sechsstündigen Zeitverschiebung, meine Kehle so trocken, dass ich nicht sprechen konnte. Eves pragmatische Art: Was sollen wir wegschmeißen, was ist mit diesem alten Spiegel, was ist mit dem Schaukelstuhl? Ich saß an meinem Schreibtisch, die Augen geschlossen, das Ohr ans Telefon gepresst, und versuchte mir vorzustellen, wie sie dort standen, tatsächlich dort im Keller standen, zwei in meine Vergangenheit geschickte Abgesandte, zwei Astronauten im All meiner Imagination, wie ihre Köpfe beinahe die niedrige Decke streiften, an der Wand am Fuß der Treppe die beiden Reliefs von Hirschen im Wald, die meine Mutter einmal in ihrem Keramikkurs angefertigt hatte, und Großmutters Kommode mit den geschwungenen Beinen, an denen ich oft mit den Fingern entlangfuhr, als ich noch so klein war, dass ich darunter durchkriechen konnte. Emma las am Telefon das Inventar vor: ein alter Pelzmantel, eine Blechdose für Kuchen mit einem Bild von Manhattan auf dem Deckel, ein Paar Schlittschuhe, ein Schachspiel. Der Klang ihrer Stimme beim Vorlesen der Buchtitel, Dostojewski, Joyce und ein paar alte Schulbücher, *Leggendo e Ripassando*, *Le Avventure di Giovanni Passaguai.* Ein Tacker, Pinsel, willst du das? Nein, wirf es weg. Emmas Beschreibungen: Ich hab hier ein Objekt aus Bronze, ein kleiner fetter Mann mit Turban, sein Gesicht ist zu einer Grimasse verzerrt und sein Kopf öffnet sich über ein Scharnier. Und ich: Schick das, oh ja, schick das, ein Souvenir, das du während des Krieges in einem Hafen aufgelesen hattest; wie kann sie wissen, was es mir bedeutet? Schick es, wirf es weg, schick es, wirf es weg. Emmas Stimme ein Medium, das Bilder aus der fernen Vergangenheit heraufbeschwor; wie ich am anderen Ende versuchte, gegen meine Angst anzukämpfen, versuchte, meine Verzweiflung zu verbergen; bloß ein paar persönliche Dinge, bloß ein Transportproblem. Die Skizzenbücher, die Leinwände und ein schreckliches Gefühl, dass da etwas war, das niemand sehen sollte, etwas schrecklich Privates, und all das verpackt in Überseekisten, jetzt irgendwo gelagert in einem Depot in Brooklyn, darauf wartend, dass man sie in den Container eines Frachtschiffs hievte. Ich halte einen Zettel in den Händen, das Datum des Auslaufens, der Name des Schiffs sind aufgedruckt: Meine Bilder, meine Jugend werden auf der Madison Maersk irgendwo zwischen New York und Hamburg untergehen, ursprünglich geplante Ankunft am 13. April.

Das plötzliche Kreischen einer Amsel auf dem Dach des Hauses auf der anderen Straßenseite; wie ich zum Fenster ging und sie beobachtete, beobachtete, wie sie auf etwas herumpickte und dann innehielt und kreischte. Und wie sie begann, wieder auf diesem Etwas herumzupicken, darauf herumpickte und es mit ihrem Schnabel ein ganzes Stück über das Dach zerrte, und wie sie innehielt und wieder kreischte, kreischte und darauf herumpickte und es noch ein bisschen weiter zerrte, und dann sah ich, dass das Etwas, an dem sie zerrte, ein toter Vogel war, eine andere Amsel. Und wie sie schließlich den toten Vogel liegen ließ und aufflog, hinauf zum Wasserturm, wieder und wieder aufschreiend, bevor sie schließlich davonflog.

Fidicinstrasse, und der Tag, an dem wir uns endlich entschlossen, einen Teil des Gerümpels wegzuwerfen: die Lagen von Teppichresten, die Christoph von der Straße hereingeschleppt hatte, um den kalten Fußboden zu dämmen; die verbeulten Ofenrohre. Wie wir schließlich eine ganze Wagenladung zur städtischen Müllverbrennungsanlage transportierten, wo wir zuschauten, wie eine lange Reihe ausrangierter Dinge auf einem Förderband vorrückte, bevor sie in das offene Feuer der Verbrennungsanlage fielen. Aussortierte Möbel, Decken, kaputte Geräte, zufällig vereint dies eine Mal, auf dieser einen letzten Reise, illuminiert in einem infernalischen Glühen. Wir standen da und schauten zu, wie das breite Band seine unendliche Prozession davontrug, wie Objekte aller Art und in allen Größen eins nach dem anderen über den Rand kippten und in die Feuergrube stürzten. Und dann fiel mein Blick auf das Foto eines Mannes in einem vergoldeten Rahmen, und ich unterdrückte den Drang, ihm hinterherzulaufen, es zurückzuholen, dieses Porträt eines aus einer längst vergangenen Welt herausspähenden Mannes. Und der letzte lebende Mensch, der ihn gekannt hatte, vielleicht kürzlich verstorben: eine alte Frau, deren Möbel man verramscht hatte, deren Namen man von der Klingel entfernt hatte, deren Wohnung man ausgeräumt hatte, damit neue Mieter einziehen konnten, die Böden abgeschliffen, die Wände gestrichen, ein Foto, das seit Jahren von niemand anderem angeschaut worden war. Und jetzt, die Augen des Mannes, die in meine blickten, und ich der letzte Mensch, der diesen Beweis seiner Existenz bezeugen konnte, *aber wer warst du,* wollte ich ausrufen, als ich sah, wie das Foto auf den Rand des Bandes zulief, sich zum Schattenriss verdunkelte vor dem grell orangen Hintergrund und verschwand. Ich schaue mir die Fotos auf meinem eigenen Schreibtisch an, Objekte, die in einer bestimmten Ordnung arrangiert sind, mich umgeben, meine Gedanken an mich zurückspiegeln; Objekte, von denen selbst die banalsten mich überleben werden, in andere Hände übergehen, in andere Ordnungen eingehen werden. Und die Geheimnisse, die sie bergen, werden zum Verstummen gebracht worden sein, doch vielleicht werden sie irgendwo innen drin weiterexistieren, wer weiß. Die Arrangements, die ich machte, als ich ein Kind war und auf einem kleinen Schulhof in der Guyon Avenue spielen ging: Reihen von Pinienzapfen und Eicheln und anderen Dingen, die ich auf der Erde gefunden hatte, ein Briefchen Streichhölzer, ein Stück Alufolie, der Absatz eines Damenschuhs. Was steckte in diesen Arrangements, waren es die unbekannten Geschichten, die diesen Objekten innewohnten, war es die Faszination einer Schule, die ich nicht besuchte, voller Kinder, denen ich nie begegnete, eine Parallelwelt, in der alles ähnlich und zugleich anders war: das Klettergerüst auf dem Spielplatz, die Zementschildkröten, ein Halbkreis von Stufen, die im Stil eines kleinen Kolosseums zu einer gepflasterten Arena hinunterführten. Wie wir nach der Schule dort hinfuhren, um zu spielen, nachdem alle Kinder heimgegangen waren; wie ich mit meinem Fahrrad die Zementstufen hinunterfuhr, *rums rums rums*, und wie der Schulhof so viel mehr mir zu gehören schien als irgendjemand anderem. Wir balancierten auf den oberen Sprossen des Klettergerüsts, die Füße eingehakt unter der Sprosse darunter, unsere Arme gekreuzt vor der Brust und mit den Händen klatschend, einmal auf die Knie, einmal vorne, und sie dann dreimal zusammenschlagend zum Rhythmus der Worte, die wir sangen. *Bei Mary hats gebrannt, brannt, brannt, / da bin ich hingerannt, rannt, rannt, / da kam ein Polizist, zist, zist, / der schrieb mich auf die List, List, List.*

Fidicinstrasse, und der Geruch nach Rauch, der von nebenan kam; ich hastete hinaus in den Flur und roch an der Tür von Frau Chran, und dann begann ich zu klopfen, laut *Frau Chran! Frau Chran!* zu rufen, während ich das Schild über der Klingel mit ihrem Namen, geschrieben mit zittriger Hand, anstarrte. Ich hielt inne und lauschte angestrengt, konnte aber nichts hören, und dann begann ich, lauter zu klopfen, bis ich schließlich an die Tür hämmerte, mit meinem Schuh dagegen trat, und auf einmal hörte ich Frau Chrans Stimme dahinter und das Geräusch, wie sie mit einem Schlüsselbund hantierte und das Schloss aufsperrte. Und dann öffnete sich die Tür einen Spalt, und ich drückte dagegen, musste aber feststellen, dass die Kette noch vorgelegt war, und ganz plötzlich wurde ich wütend. *Lassen Sie mich rein! Hier brennt irgendwas!*, und Frau Chran, mit einem Ausdruck von Furcht und Verwirrung in den Augen, zu durcheinander, um zu sprechen, gehorchte und schob die Kette zur Seite. Ich hastete an ihr vorbei in den Flur, der sich bereits mit Rauch füllte, vorbei an den Mänteln und Schirmen und ins Wohnzimmer, wo eine Weihnachtsdekoration, die über der Anrichte hing, Feuer gefangen hatte, eine quer über die Wand gespannte lange brennende Girlande, und darunter eine schwelende Kerze in einem unter Haufen geschwärztem Wachs begrabenen kleinen Stechpalmen-Kranz. Ich rannte in die Küche und fand schließlich unter dem Spülstein einen mit Blumentöpfen und verschrumpelten Steckzwiebeln vollgestopften Eimer; ich drehte den Griff des Wasserhahns auf, so weit es ging, doch nicht mehr als ein dünnes Rinnsal Wasser lief heraus. Frau Chran kam in die Küche, *den Eimer sollten Sie nicht nehmen*, begann sie, *ich hab hier irgendwo noch einen anderen*, und sie fing an, in der Ecke mit ihrem Gehstock herumzustochern; ich schalt sie dafür, mich nicht früher gerufen zu haben, und sie warf mir verängstigte Blicke zu, und da fragte ich mich zum ersten Mal, ob sie nicht langsam wirr wurde: In letzter Zeit hatte sie sich sonderbar verhalten, oder etwa nicht, und hatten wir sie nicht ein paar Mal in Hausschuhen draußen im Hof entdeckt, verwirrt umherblinzelnd, und sie behutsam wieder ins Haus geführt. *Ich muss die Feuerwehr rufen*, dachte ich verzweifelt, doch dann fiel mir ein, dass Frau Chran ihren Telefonanschluss schon vor mehreren Monaten gekündigt hatte, um die Kosten zu sparen, und ich begriff, dass ich sie irgendwie aus der Wohnung rausbekommen musste, dass ich den Anruf nebenan machen musste, und auf einmal begann Frau Chran zu wimmern. Frau Chran, wir müssen hier weg, wir müssen Hilfe holen, sagte ich und versuchte, sie aus der Küche hinauszubugsieren, doch sie stieß meine Hand beiseite und rief *Was? Was sagen Sie da?* Und ich schrie *Wir müssen hier weg!* und packte sie am Ellbogen, doch sie holte mit ihrem Gehstock aus und verlor das Gleichgewicht, fiel beinahe hin, und ich konnte sie gerade noch auffangen. *Ich geh hier nicht weg, ich geh hier nicht weg*, kreischte sie, und ihre Hände umklammerten meinen Arm, und dann sah ich, dass der Eimer fast voll war, und ich befreite mich aus ihrem Griff und schob sie auf einen Stuhl und zog den Eimer aus der Spüle, rannte damit ins Wohnzimmer, während den ganzen Weg über Wasser herausschwappte, und schüttete den Inhalt des Eimers auf die lodernde Girlande, worauf ein lautes Zischen im Zimmer aufstieg. Ich öffnete das Fenster und setzte mich auf den Rand des Sofas, um das durchnässte, qualmende Chaos in Augenschein zu nehmen. Die Tapete war mit langen, bis an die Decke reichenden schwarzen Schlieren versengt; eine Schicht fettiger Ruß hatte sich wie ein klebriger Schleier über den ganzen Raum gelegt. Frau Chran kam ins Wohnzimmer gehumpelt; sie weinte jetzt laut, *Sie werden doch niemandem was sagen, oder?*, und zum ersten Mal verstand ich, dass sie Angst hatte, gegen ihren Willen weggebracht, in ein Heim gesteckt zu werden. Sie ging noch selbst einkaufen und hatte ihre Kohlen eigenhändig aus dem Keller hoch geschleppt, jahrelang, bis Angelika ihr zu helfen begann, doch sie kochte immer noch selbst, und sie würde nicht im Traum daran denken, irgendjemandem einen Zweitschlüssel zu geben; Frau Chran war jedem gegenüber misstrauisch. *Ich habe ein paar kleine Ersparnisse*, begann sie, und ein listiger Ausdruck schlich sich in ihr Gesicht, *wenn Sie einen netten jungen Mann für mich finden könnten, der das Zimmer tapeziert*, und dann hörte ich mich sagen, alles würde gut werden, *wir werden hier mal ordentlich sauber machen und den Wänden einen neuen Anstrich verpassen, und keiner wird jemals wissen, was passiert ist*, doch ich wusste, es war bloß eine Frage der Zeit, bis jemand dahinterkam, die Gefahr abschätzte, die sie allmählich für die restlichen Bewohner des Hauses darstellte, und die Behörden verständigte.

FIDICINSTRASSE. Die Teebällchen, die in einem Bett aus Teeblättern trockneten, in einem Schuhkartondeckel, der auf dem Heizkörper in der Küche balancierte: wie er von der Hitze ebenfalls eintrocknete, wie die leimdurchtränkten Blätter schrumpften und die rechteckige Form des Kartons sich verzog, bis die Ecken sich wölbten zu einem kleinen Boot. Und die Bälle selbst, jeden Tag einer, übrig geblieben vom morgendlichen Tee und mit dem Sieb zu festen Kugeln gepresst; ich arrangierte sie auf dem Fensterbrett zu kleinen Stapeln, sobald sie getrocknet waren. Darunter der Lack, der aufgrund der Feuchtigkeit in der Wohnung Beulen bekam und von der Wand abblätterte; über den schwarzen Schimmelflecken, die sich dahinter bildeten, gab es ganze Bereiche, die noch intakt waren: dünne, brüchige, Blasen werfende Schichten Lack, die hier und da an ein paar fragilen Stellen hafteten. Und ich hatte immer Angst, sie zu berühren, Angst, das Ganze würde wegbröckeln. Das Muster der Abnutzung auf dem Küchenfußboden: wie zuerst das Weiße des Vorstrichs unter dem Lack sichtbar wurde, hier und da entlang der Spalten zwischen den Spanplatten, um die versenkten Schrauben herum; wie dann die nackte Platte durchschien, jedes Jahr ein bisschen mehr. Und wie der Pressspan jedes Mal, wenn wir den Boden wischten, von der Feuchtigkeit aufquoll; wie die Feuchtigkeit hineinkroch und den Bodenlack runzlig werden ließ, hier und da, wie jedes Mal ein kleines bisschen Lack abblätterte. Wie viele hundert Abende habe ich den Boden betrachtet, das Muster betrachtet, Ausschau gehalten nach einer Form, in die ich meine Gedanken gießen konnte, ihre Spur verfolgt im wandernden Rand des sich wellenden Lacks. Auf der Suche nach etwas, was ich sagen könnte, auf der Suche nach Worten, um dein Schweigen zu brechen.

Wann hört ein Ort auf, ein Ort zu sein, wann wird eine Person zur Adresse? Flora erzählte mir, dass ihre Mutter nach dem Tod ihres Vaters aus dem Haus ausgezogen sei, in dem Flora aufgewachsen war, zunächst in das Haus ihrer Eltern und später in eine Wohnung im Stadtzentrum. Und einige Jahre später zog sie erneut um, und die neue Wohnung war etwas kleiner als die vorherige, und dann zog sie noch einmal um, und jedes Mal, wenn sie umzog, wurden die Wohnungen kleiner und kleiner. Und immer, wenn Flora auf einen Besuch vorbeikam, suchte sie vergeblich nach irgendetwas Bestimmtem, das sie von früher in Erinnerung hatte, und ihre Mutter, die immer weniger Platz hatte, ihre Dinge irgendwo unterzubringen, konnte nicht mehr rekonstruieren, wo es sein könnte – *ist es im Keller deiner Großeltern, ist es bei Soundso?* –, vielleicht nicht in der Lage zuzugeben, dass sie im Laufe der Zeit überhaupt irgendetwas weggeworfen hatte, bis schließlich nichts mehr übrig war, das Flora an ihr Zuhause erinnern konnte, außer vielleicht der Körper ihrer Mutter.

Alles, was übrig geblieben ist von der Ninth Street: drei Kisten im Freihafen Hamburg, 950 Kilogramm auf einem Gabelstapler balanciert, gesteuert von einem Hafenarbeiter, dessen Umgang mit dem Fahrzeug so gekonnt war, dass die Bewegungen geradezu dezent wirkten, wie das sachte Antippen einer behandschuhten Hand. Zwei lange flache Zinken stupsten die Kisten an, als er uns half, den Transporter zu beladen: ein kleines bisschen nach links, ein kleines bisschen nach vorn, manövrierte er sie mühelos und geschickt, Sperrholzkisten, die ein Mensch unmöglich anheben, nicht einmal verrücken konnte. Die Stunden des Wartens am Zoll, die Schlange übellauniger Lastwagenfahrer, die an einer Wand lehnten und hin und wieder den Blick auf ein rotes, schwach blinkendes Licht über der Stahltür richteten, darauf wartend, dass es grün wurde und der Nächste an die Reihe kam. Wie gelegentlich ein uniformierter Beamter mit einem Klemmbrett unter dem Arm herauskam, meist gefolgt von einem Fahrer, den er aufforderte, zur Kontrolle seinen LKW zu öffnen, während die anderen in der Schlange leise in sich hineinlachten. Und später, die Fahrt zurück nach Berlin; ein gegen die Windschutzscheibe prasselndes Unwetter, der Transporter erheblich verlangsamt durch den Wind und das Gewicht. Und was, wenn wir nie ankommen? Einmal, das ist jetzt lange her, schlich ich die Kellertreppe hinunter und begann, Kartons zu öffnen und zu schließen, Dinge herauszunehmen und auszupacken, sie neu zu verpacken, warum, weiß ich nicht, vielleicht versuchte ich, eine Ordnung zu finden, mit der ich mich anfreunden konnte, versuchte, eine Form zu finden, die ich mir besser einprägen konnte. Und Tage später, in einem plötzlichen Anfall, packte ich alles noch einmal aus, weil mir irgendetwas widerstrebte, mir irgendetwas schrecklich vorkam, und ich verbrachte Tage mit der Suche nach einer anderen Ordnung: Kartons packen, auspacken, umpacken, wieder und wieder, dieses Buch, dieses Artefakt aus meiner Vergangenheit, was behalten, was wegwerfen, diese Kisten im Laderaum des Transporters voller Leinwände und Pappkartons gefüllt mit Gott weiß was und immer noch sortiert in der unbefriedigenden Ordnung, in der ich sie zuletzt vor Jahren hinterlassen hatte, als ich anfing, den Keller zu meiden, wann immer ich das alte Haus besuchte. Es war dunkel, als wir endlich ankamen, die Hebebühne hinunterfuhren und die Kisten auf dem Handhubwagen ins Haus rollten. Und dann standen wir ratlos da, weil eine von ihnen ein paar Zentimeter zu breit, eine andere ein paar Zentimeter zu hoch war für den Aufzug, also luden wir sie im Flur ab und fuhren nach Hause. (Tage später, nachdem wir die Sperrholzdeckel aufgeschraubt und die Styropor-Verpackungen in Plastiksäcke gestopft hatten, als die Bilder an der Wand lehnten und nur noch eine Leinwand in der größten Kiste übrig war – wie du mir ein Zeichen gabst, ich solle kommen und die dahinter eingeschlossene kühle Luft spüren, wie sie ganz leicht über meine Wange wehte, als wir die Leinwand hervorzogen, diese Luft, die noch immer gekühlt war von der Reise aus Übersee, von den kalten, regnerischen Tagen der Lagerung im Hamburger Hafen.) Und später, mein Atelier gefüllt mit Bildern, in Luftpolsterfolie verpackt, Bilder, die ich sofort wiedererkannte, aber irgendwie anders in Erinnerung hatte; Bilder, die ich vollkommen vergessen hatte, die zu sehen mir peinlich war, als wären sie Fotos meines pubertären Selbst mit einer Reihe unvorteilhafter Frisuren, Bilder, die mich, versteckt im Keller meiner Mutter, an das Haus gefesselt hatten, jahrelang.

NINTH STREET, und der Tag, an dem du meine Sachen in Kartons packtest, bevor du die Wohnung für immer verlassen hast. Und jetzt, siebzehn Jahre später, oder vielmehr gestern, auf den Tag genau vor siebzehn Jahren, doch das sah ich nicht, begriff ich nicht, als ich gestern Abend im Schneidersitz auf dem Boden meines Zimmers saß und langsam, widerstrebend, auszupacken begann. Eine kleine Pappschachtel mit blauen Druckbuchstaben auf allen vier Seiten: BON TON MAISCHIPS, 25 CENTS, NATUR, BARBECUE-GESCHMACK; das kleine Kästchen neben NATUR ist mit einem X gekennzeichnet. Deine Handschrift mit Filzstift auf der oberen Klappe: INHALT: BÜROMATERIAL, geschrieben in Grün; ZERBRECHLICH, geschrieben in Rot. Ich faltete das brüchige Zeitungspapier auseinander, und der modrige Geruch hing in der Luft wie eine stille Drohung; Seiten aus dem Wirtschaftsteil der *New York Times*. BERUF UND KARRIERE, WIRTSCHAFT, IMMOBILIENMARKT, BÖRSENKURSE. *Unocal bietet 28,8 % Aktienrückkauf für $72 Schuldtitel, Coca-Cola ändert die Rezeptur.* Ich schaute auf das Datum: 24. April 1985. Einige der Sachen muss ich in neue Zeitungen eingeschlagen haben, nachdem ich die Wohnung in der Ninth Street ausgeräumt und alles nach Staten Island hinausgefahren hatte. Aber nein, dachte ich, als ich heute Morgen aufwachte, das kann nicht sein – und plötzlich erinnerte ich mich, dass ich erst im folgenden Jahr wieder nach New York zurückgekehrt war und dass du bereits sechs Monate nach meiner Abreise nach Berlin aus der Wohnung ausgezogen warst und sie an einen gewissen Andy untervermietet hattest, der Didgeridoo spielte. Die Zeitungen stammten von dem Tag, an dem du meine Sachen weggepackt hattest, um sie zwischenzulagern; einige Zeit verging, bevor mir klar wurde, dass das Datum von gestern der 24. April gewesen war. Und versteckt zwischen den vergilbten Seiten: Großmutters Schmuckschatulle aus geschnitztem Holz mit dem Spiegel und dem Futter in gelbem Brokat, das sich sanft über das Scharnier spannte und den Deckel aufhielt, wenn die Schatulle offen war; wie ich sie zum Auslüften draußen stehen ließ, durch das Glas der Balkontür meine eigene Spiegelung im Innern der Schatulle anblickte, und wie der brüchig gewordene Stoff plötzlich zerriss. Und die Fotos: Großmutter im Hochzeitskleid, ein breitkrempiger weißer Hut und elegante Schuhe und ein riesiger Strauß weißer Blumen; das Passepartout ist mit einem Prägedruck des Fotografen versehen: J. J. GOODMAN, 149TH STR. & 3RD AVE. Langsam, langsam; nicht zu viel auf einmal. In einem anderen Pappkarton, unter deinem Matrosen-Handbuch, die Kappe der Küstenwache, die du einmal getragen hast, flachgedrückt nach so vielen Jahren. Ich nahm sie in die Hand und tastete an der Innenseite der Kappe entlang, und meine Finger stießen auf etwas Steifes, eine Lasche im Schweißband, in der etwas versteckt war; ich drückte es heraus, und ein Streichholzbriefchen landete in meiner Hand: FLORSHEIM SHOES. Rauchen im Wachdienst, der winzige orangerote Punkt in der Nacht: ein verräterisches Zeichen im Sucher feindlicher Ferngläser. Später tauchte ich die Kappe vorsichtig in einen Eimer mit Seifenwasser, wusch sie und ließ sie, über den Rand einer breiten Schüssel gezogen, draußen trocknen. Doch der Modergeruch ging nicht weg, nicht vollständig, und so ließ ich sie auf dem Balkon in der Sonne stehen und sah jeden Tag nach, um festzustellen, ob der Geruch schon verschwunden war, als würde ich darauf warten, dass ein Gespenst sich endlich verzieht. Ich durchsuchte ein anderes der Holzschächtelchen, Postkarten von Gemälden und Drucken aus der National Gallery, dem Victoria and Albert Museum, dem Rijksmuseum; ein Foto von Virginia Woolf, die Totenmaske von William Blake, und hier und da zwischendrin allerlei Kurioses: das Röntgenbild eines Zahns in einem kleinen Umschlag aus Manilapapier mit den Namen *Chin, Frank, Dr. Yamada* und dem Datum, *14.5.44*, in Schönschrift geschrieben mit einem Füllfederhalter; ein internationaler Führerschein, ausgestellt am 3. April 1974 von der Kommission für Öffentliche Sicherheit der Präfektur Kanagawa für Takaaki Nagashima, geboren am 1. April 1943 in Tokio und wohnhaft 28–30 Mitsuzawa-Shimo-Cho, Kanagawa-Ku, Yokohama; ein Zettel, den ich eines Tages auf der Straße gefunden haben muss, eine Liste von Dingen, die jemand namens Rob zu erledigen hatte: *1. Die Laff. Lofts haben am Morgen etwas zum Abholen, 0,7 m Cont. draußen; 2. Jack Schwartz Schuhgeschäft, 138 Duane Street, hat heute Abend etwa 6 bis 8 Kisten vor dem Laden – nicht draußen stehen lassen* (zweimal unterstrichen); *3. Hast du gestern dem Plymouth-Laden den Aufkleber gegeben* … gefolgt von einem Pfeil und auf der Rückseite des Zettels: *in der 111 John Street* (ebenfalls zweimal unterstrichen): ein vages Gefühl des Wiedererkennens, aber was nur, was, und eine alte Postkarte aus Berlin: *Ich liebe dich bis in alle Ewigkeit* auf eine Backsteinmauer gesprüht, die dahinter sichtbaren kahlen Äste eines Baumes und ein ausgedehntes Feld Kopfsteinpflaster, das die untere Hälfte des Fotos einnimmt und zum Rand hin vom Kameraobjektiv stark verzerrt ist. Ich drehte die Karte um und war überrascht, meine eigene Handschrift zu sehen, eine ältere Handschrift, die Handschrift einer Frau, die ich schon längst nicht mehr war: *Das werde ich für dich übersetzen, wenn ich nach Hause komme,* die Karte an dich adressiert, die Briefmarken gestempelt; du musst sie zu meinen Papieren gesteckt haben, als du meine Sachen packtest. *Ich liebe dich bis in alle Ewigkeit*: ein trotziger Vorwurf, den ich siebzehn Jahre später entdecken würde, auf den Tag genau siebzehn Jahre.

Der Geruch der Ninth Street, doch nein, die Dinge rochen damals nicht nach Moder, all die kleinen Holzschachteln, die ich sammelte, der Strohkoffer, das Zeitungspapier war damals nicht vergilbt, nicht der Geruch der Ninth Street durchdringt jetzt mein Zimmer, sondern der Geruch von Organismen, die sich im dunklen feuchten Keller auf Staten Island vermehrt haben. Die Holzschachteln mit Möbelpolitur einreiben, sie zum Auslüften offen auf den Balkon stellen, gibt es irgendeinen Weg, diesen Mief loszuwerden, der die Bücher, die Papiere, Großmutters Baumwoll-Zierdeckchen durchdringt, der mich anwidert. Ich öffne das Fenster weit und lasse die kühle Nachtluft herein; ein dicker Ordner mit Papieren liegt vor mir auf dem Schreibtisch. Hausarbeiten aus Collegezeiten über Fouquet, über Platon, über Sartre. Ein Essay über Hans Haackes sozialpolitische Installation zu den unappetitlichen Fakten hinter der Kunstförderung von Mobil Oil. *Das Leben in der Gegenwart ist ein ziemlich formloses Konglomerat möglicher Erscheinungen … Antoine erkennt, dass jedes Mal, wenn eine kostbare Erinnerung geweckt wird, er Gefahr läuft, sie an Worte zu verlieren, die dann das Bild ersetzen werden, die erinnerte Empfindung ersetzen werden.* Das Telefon läutet; es ist Anselm. Korrekturen in letzter Minute; die Publikation muss am Morgen beim Drucker sein. Hast du gerade geschlafen? Nein, antworte ich, ich habe bloß gelesen; ich habe jetzt die Datei vor mir. *Weltanschauung*, beginnt er. *Kommerziell fiktionalisierte Ikonografie.* Ich habe Mühe, mich zu konzentrieren; zwischen den Papieren vor mir auf dem Schreibtisch liegt ein Foto meines Ateliers von vor zwanzig Jahren. Ich erkenne alles, ein bloßer Fleck im körnigen Film genügt, und mein Gedächtnis rekonstruiert alles. Ich höre Stimmen im Hintergrund, höre das scharfe Einatmen von Anselm beim Ziehen an seiner Zigarette. *Die Verortung der Wahrheit im Reich der Vernunft und der Begriffe schafft ein Problem, insofern alles Denken im Körper wurzelt … es ist unlogisch, eine Wahrheit außerhalb der materiellen Existenz zu postu-*

lieren, denn unsere Vorstellung von ihr erfolgt stets vermittels unserer eigenen materiellen Existenz. Der über einen Stuhl drapierte Mantel, die an der Wand dicht nebeneinander hängenden Bilder. Anselm will wissen, ob es okay ist, die Glieder eines bestimmten Satzes umzustellen; er würde den Absatz gern mit einem anderen Bild beginnen. Können wir das nicht umändern? *Blakes Einwand gegen die Theorien von Reynolds legt nahe, dass Blake Reynolds' Ideal des Formalismus für eine zwar kunstvoll konstruierte, aber leere Hülle hielt.* Ich überlege, ob ich Anselm sagen soll, dass ich in einer ganz merkwürdigen Verfassung bin. Mein Zimmer riecht nach der Vergangenheit; in genau diesem Moment, jetzt wo wir sprechen, kriecht die Vergangenheit aus allen Ecken, wusstest du das? Dicke Schwaden Vergangenheit hängen schwer in der Luft. Anselms Stimme klingt plötzlich zerfetzt; der Akku seines Handys ist leer. Dann höre ich nichts mehr, und ich lege auf. Einen Moment später klingelt es wieder. Ein weiteres scharfes Ziehen an der Zigarette; diesmal sagt Anselm nicht mal Hallo. Vielleicht wäre es nicht so schwierig, wenn der Geruch nicht wäre. Mir sind meine Rekonstruktionen lieber, Anselm, wusstest du das? Damit zu leben ist leichter als mit diesen klammen widerlichen Dingen. Wir machen weiter und gehen den Text durch; ich markiere jede Änderung in Gelb. Was war der wirkliche Geruch der Dinge: das schwere Aroma von Ölfarben zum Beispiel, von Hasenleim; der süße Duft von Holz, zugeschnitten für den Bau von Keilrahmen. Und wieder und wieder eine Tasse Kaffee, eine angezündete Zigarette: von Gegenwart durchdrungene Gerüche. *Dostojewski klagte wiederholt, es gebe, während er mit einem »Realismus im höheren Sinne« beschäftigt war, in dem Wahrheiten durch die Strukturen menschlicher Beziehungen dargestellt wurden, immer noch etwas, das vermutlich der eigentliche Kern seiner Ideen war, das er mit sich ins Grab nehmen würde, ohne es je einer Menschenseele mitgeteilt zu haben.*

Ich habe einmal einen Film gesehen, in dem gerade ein Staudamm geöffnet und ein Fluss umgeleitet werden sollte. Ein ganzes Dorf stand kurz vor der Flutung; die Behörden hatten die Bewohner längst evakuiert. Nur eine alte Frau war zurückgeblieben, hatte ihre Hütte geschrubbt auf bloßen Knien, mit bloßen Füßen, hatte die Dielen geschrubbt, bis die Holzmaserung durchschimmerte, hatte das Bettzeug gewaschen und die Fenster geputzt, und dann, als das Haus so frisch und rosenwangig war wie eine junge Braut, hatte sie Blütenblätter über die blitzblanken Dielen gestreut – eine letzte Geste der Liebe für ein Haus, für eine zum Verschwinden verurteilte Vergangenheit. Und jetzt, würde ich nicht gern das Gleiche tun, jetzt, wo die Bilder alle an einem Ort sind, alle Bilder aus der Eisenbahnstraße, alle Bilder aus der Fidicinstraße, aus der Ninth Street – alles zum ersten Mal an einem Ort vereint. Und in diese perfekte Ordnung würde ich gern ein brennendes Streichholz werfen, zuschauen, wie alles in Flammen aufgeht, zusammengekommen in einem gleißenden Augenblick, für immer, und es würde nichts geben, nichts, das diese Ordnung je wieder stören könnte.

Warum fällt es Kindern so schwer, sich vorzustellen, wie es war, als ihre Eltern jung waren, als sie geheiratet und eine Familie gegründet haben und alles viel schwieriger fanden, als sie es je erwartet hätten; feststellten, dass die Zeit schneller vergeht, als sie es je erwartet hätten. Und eines Tages hast du begriffen, dass du deine Träume endgültig aufgegeben hattest, dass die ausgestreuten Brotkrumen nirgendwohin geführt hatten, und dennoch hast du dich jeden Morgen aus dem Bett gequält, bist jede Nacht wieder hineingesunken, eine Flucht auf Zeit, ein kleiner Tod. Und wo war ich, ich war kein Trost, bloß ein weiterer Mund, den es zu füttern galt, mehr nicht. Ich besitze ein Foto der Abschlussklasse der Samuel Gompers Vocational High School in der Bronx vom Juni 1939; Klasse 8C Elektrotechnik. Deutschland ist sehr weit weg, Polen ist sehr weit weg. Ein Viertel der zweiundzwanzig Absolventen ist offenbar italienischer Abstammung, ein Viertel sind Iren, ein weiteres Viertel Juden. Du sitzt in der ersten Reihe mit einem breiten Grinsen und weit geöffnetem Hemdkragen; die meisten der anderen Jungen tragen ihre Krawatten ordentlich in ihre Jacketts gesteckt. Vor mir auf dem Schreibtisch sind zwei mimeografierte Rundbriefe ausgebreitet, *The Gompers Voice* vom April und Juni 1938. Ein Brief des Rektors Mr. Pickett: *Wenn Burschen im Alter des »Teens« sind, neigen manche von ihnen dazu zu denken, dass Baseball und Football … vielleicht das Wichtigste im Leben sind. Doch wenn Jungen älter werden, ändert sich diese Sichtweise. Es ist daher gut, wenn man sich, selbst in jungen Jahren, darum bemüht, eine gewisse Vorstellung des relativen Wertes zu gewinnen.* Und auf der Rückseite die Tuschzeichnung einer zusammengeballten Hand und dann eine weitere, besser gezeichnet und resoluter, »Scrimas Faust« steht daneben, in Druckbuchstaben geschrieben, mit einem auf die Hand zeigenden Pfeil. Darüber sind die gezeichneten Profile mehrerer Figuren zu sehen, die offenbar eins auf die Nase bekommen haben; eines ist beschriftet mit »Ruby«: vorher, mit Hakennase, und Nachher, die Nase plattgedrückt, die Augen geweitet, die Miene leidend. *Niemand mag Weichlinge. Man kann wohl zu Recht behaupten, dass Gompers-Jungs keine Weichlinge sind …* Andere mit Tusche gezeichnete Skizzen: ein Chinese in einer Seidenrobe mit Zopf, dann im Anzug mit westlichem Haarschnitt; du warst noch keine siebzehn. *Vergesst euren Proviant nicht! Gompers Klassenausflug, 9. Juni im Pelham Bay Park … Viele von uns wissen und viele von uns wissen nicht, dass der Mann, nach dem unsere Schule benannt wurde, Sohn eines Londoner Zigarrenwicklers war.* Auf der folgenden Seite der Bericht eines Schülers zu einem Artikel in der *New York Times* über die erste Abschlussklasse der modernen Gewerbeoberschule, gefolgt von einem Gedicht: *O Arbeiterführer und Kämpfer fürs Recht / gepriesen deine Weisheit, besungen deine Kraft / Man sagt, du bist tot, doch dein Name stirbt nimmer / er steht am Portal uns're Schule für immer …* Daneben ein Artikel zu einem Schultheaterstück über städtische Armut, der in blumigen Euphemismen das Bühnenbild beschreibt, der exakte Nachbau einer viergeschossigen Mietskaserne; war das Gebäude, in dem du aufwuchst, so viel anders, frage ich mich. Eines deiner Skizzenbücher enthält die Sepiazeichnung eines heruntergekommenen Hofes: eine verwitterte Backsteinfassade, verbeulte Blechrohre auf dem Dach, zwischen Feuerleitern gespannte Leinen mit Wäsche. Ein paar weitere Zeichnungen aus dieser Zeit: Mr. Schur, Englischlehrer; Clark Gable; Theodore Roosevelt. Eine andere Zeichnung, eine lächelnde Frau, der Rand des linierten Papiers braun verfärbt von Tesafilmstreifen; 18.11.43 hast du darunter geschrieben, etwas über einen Monat vor deinem zweiundzwanzigsten Geburtstag. Und daneben – wie kommt es, dass ich es zuvor nie gesehen habe – mit Bleistift geschrieben und dann ausradiert: MEINE FRAU. Ich halte inne und starre das Blatt an; unter meinen Füßen krabbelt das Baby herum. Plötzlich zieht es den Stecker aus der Wand, und der Computer ist tot: Alles, was ich geschrieben habe, ist verloren, ich werde alles noch einmal schreiben müssen, alles, was ich über

Gompers High weiß, doch hier ist es, das erste Mal, dass ich ein Bild deiner ersten Frau Wanda sehe, und dann kommt mir in den Sinn, dass es früher einmal eine ganze Sammlung Bilder gegeben haben muss, Bilder, die ich nie gesehen habe, Bilder von dir und Wanda, Hochzeitsfotos, Picknicks, ein Teil deines Lebens, über den wir nie irgendetwas wussten. Lebt Wanda noch, frage ich mich, und war es eine grausame Ironie, als du Jahre später in das neue Haus einzogst, mit einer neuen Frau und drei Kindern und keinem einzigen Zahn mehr in deinem Mund, als du plötzlich feststelltest, dass du Tür an Tür wohntest mit nicht einer Wanda, sondern mit zweien?

Alte Arbeiten in Luftpolsterfolie gegen die Wände meines Ateliers gestapelt; sieben große Müllbeutel, gefüllt mit Styroporkügelchen. Urgroßmutters Überseekoffer, ein Relikt der Auswanderung, wieder zurück in Deutschland nach siebenundsiebzig Jahren in der Bronx, nach vierzig Jahren auf Staten Island, jetzt stand er offen in einer Ecke des Ateliers, damit die Skizzenhefte und Tagebücher darin auslüften konnten. Als Kind war es, wenn ich den schweren Deckel anhob, als überquerte ich die Grenze zu einem anderen Land, gefüllt mit alten Wolldecken und Mottenkugeln, die im Laufe der Zeit, als sich der Kampfer verflüchtigte, zusammenschrumpften, kleine weiße kristalline Kugeln verschiedener Größe, von denen einige nicht größer als Punkte waren. Das brüchige Papier, mit dem der Koffer ausgeschlagen war, bedruckt mit Streifen, die einst weiß und blass ockerfarben gewesen waren; die Ledergriffe, die längst abgerissen waren. Ich beuge mich über den Koffer und öffne vorsichtig eines der Tagebücher: die Beschreibung eines alten Traums. Ich klappe es zu und lege es an seinen früheren Platz zurück. Später werde ich nicht widerstehen können, werde alles wieder auspacken und es oben auf den Planschränken arrangieren: die alte Postkutsche aus Plastik, den kleinen bronzenen Mann, dessen Kopf sich über ein Scharnier öffnet, eine uralte Kuhglocke, eine verschnörkelte silberne Suppenkelle. Und was war vor einhundertsiebzehn Jahren in diesem Koffer, frage ich mich, und hat irgendetwas diese Reise zweimal gemacht: Urgroßmutters Salz- und Pfefferstreuer zum Beispiel, Urgroßvaters Kaffeekanne aus Blech, vergessen im hintersten Winkel eines Küchenschranks, bis ich sie in Zeitungspapier einwickelte und mit den anderen Sachen im Keller bunkerte vor gut zwanzig Jahren. Verpackt in einen nagelneuen Überseekoffer und verschlossen mit einem glänzenden Schlüssel, einem inzwischen längst verlorenen Schlüssel, vielleicht von genau demselben Hafen auslaufend, zu dem er einhundertsiebzehn Jahre später zurückkehren würde; unmöglich ist das nicht. Und wohin führt mich all das, wohin führen mich diese Gedanken? All diese Dinge, die mich faszinieren, mir die Luft abschnüren. Es fällt mir schwer, irgendeines von ihnen wegzuwerfen; sie tragen eine neue Art Adel in sich, sie haben jetzt das Flair von Weltreisenden, und es ist zu spät: Ich habe sie für immer am Hals.

Und ein paar deiner Skizzenbücher, ein paar Fotos, ein Eignungstest von der »Famous Artists School« in Westport, Connecticut – Preis ein Dollar, schief darüber gedruckt das Wort gratis. Die Notizen, die du auf dem Deckblatt gemacht hast: Coupon ausgeschnitten 22.4.55 → Arztpraxis, als niemand hinsah (← Dr. Porlitz wird nichts dagegen haben). Test erhalten 2.5.55. Test zurückgeschickt 2.5.55. Vorstellungsgespräch (Harry Barclay) 6.5.55 (P.S. Anzahlung $25 gemacht – Zahnarzt kann warten (← Dr. Bergmann wird nichts dagegen haben). Blau gestempelt unter der Umschlagillustration eines Malers mit seinem Modell stehen die Worte: *Auf Grundlage der in diesem Eignungstest vorgelegten Nachweise spricht das Zulassungsgremium die folgenden Empfehlungen aus. Sie sind zum Studium an der Famous Artists School zugelassen.* Das Wort zugelassen ist mit Rotstift eingetragen, ein Wort, in das du offenbar all deine Hoffnungen gesetzt hast. Und die nächste Seite: Erzählen Sie uns etwas über sich. Wie lange interessieren Sie sich schon für Kunst? (*Mein Leben lang*) Welche Museen haben Sie besucht? (*Metropolitan, N.Y.C.*) Haben Sie Vertrauen in Ihre Konzentrationsfähigkeit? (*Ja*) Können Sie Anweisungen befolgen? (*Ja*) Sind Sie gewillt, offene Kritik anzunehmen? (*Ja*) Und auf den folgenden Seiten Zeichenübungen: Ihr Sinn für Form, Ihre Beobachtungsgabe, Ihre Vorstellungskraft und Originalität. Andere Papiere: ein Famous Artists Lexikon; ein Prospekt, der Studenten für das Anwerben neuer Mitglieder gewinnen will (transportable zusammenklappbare Universal-Staffelei im Wert von $15,70 – für Sie gratis, wenn nur ein Freund sich einschreibt) und vier portofreie Postkarten für diesen Zweck; Anweisungen zum Einschicken der Aufgaben; eine Checkliste für Künstlerbedarf von Famous Artists Materials, Inc., eine Tochter der Fernstudium-Schule, darunter eine Rechung für eine Tischstaffelei aus Holz ($2,00) und eine andere über insgesamt $12,10 für 24

Bainbridge-Zeichenkartons und einen Viertelliter Artone Tusche – extra tiefschwarz. Die Mappe enthält noch einen weiteren Brief, diesmal von der Metropolitan Life Insurance Company in der Madison Avenue Nr. 1 mit dem Datum 2. Dezember 1955. *Sehr geehrter Mr. Scrima: Hiermit möchten wir Ihnen mitteilen, wie sehr es meine Kollegen und mich gefreut hat, Sie neulich kennenzulernen* … Die Unterschrift des Präsidenten, Mr. Frederic W. Ecker, ist mit blauer Offsetfarbe gedruckt, vermutlich ein Versuch, Kugelschreiber zu simulieren. Wie lange hast du es durchgehalten, frage ich mich, tagsüber Versicherungen zu verkaufen und abends an deinen Werbegrafik-Hausaufgaben zu arbeiten; wann hast du den Traum aufgegeben, den zu träumen du erst im Alter von vierunddreißig begonnen hattest? Die Zeichnungen, die du von deinen Kumpels bei der Küstenwache gemacht hast: Bill Gurrini, James O'Loughlin; die Cartoons aus dem Krieg. (POST NACH HAUSE: *»Liebe Mazie, sie treiben uns an wie die Hunde, kriege keine Minute Pause, etc.«* … *»Hallo Joe, Mann, was für ein Schmu, mache rein gar nix, etc.«*). Und dann ein Blatt Papier mit dem Briefkopf der Hochschule, an der ich viele Jahre später Malerei zu studieren begann. Obendrauf liegt eine Grundrissskizze; ich kann mich nicht mehr erinnern, wer sie gezeichnet hat, oder wieso. Sie sieht nach einer Mietwohnung aus, vielleicht unsere Wohnung in der Ninth Street, doch sie scheint anders eingerichtet zu sein. Du und ich haben nie über Kunst gesprochen. Darunter gibt es eine mäandernde Linie, eine gekritzelte Aneinanderreihung von Ms. Wir sprachen kein einziges Mal über Kunst, oder? Ich starre den Grundriss an, mit wachsendem Unbehagen. Hat es dir wehgetan, frage ich mich, als ich mich aufmachte, genau das zu tun, woran du gescheitert warst? Ich halte das Blatt Papier ans Licht; ich habe ein vages Gefühl des Wiedererkennens, das Gefühl von etwas Unangenehmem, etwas Schmerzlichem, doch mein Gedächtnis lässt mich im Stich. Warum habe ich es aufbewahrt, und was hat es in der Mappe mit deinen Zeichnungen zu suchen?

Mein Denken klappt zu wie eine Schachtel. Ich drehe mich um, perplex: Aber war nicht vor einem Augenblick noch etwas da? Ich warte, warte, schaue zu, als ob ich ein stummes Kind beobachten würde, hoffe, ihm ein Wort zu entlocken oder ein Lächeln: Geduld ist das Allerwichtigste. Das Kind steht schweigend vor mir, und ich knie mich mit freundlicher Miene hin. Was war das denn gerade eben, was hast du da in der Hand, frage ich sanft. Die Wimpern des Kindes verschleiern seinen gesenkten Blick. Ich habe gesehen, dass du eben etwas in deine Tasche gesteckt hast, willst du mir nicht zeigen, was du da in deiner Tasche hast? Doch das Kind, eingeschlossen in einer schimmernden Blase der Unerreichbarkeit, starrt auf seine Zehen. Sag etwas, platze ich mit wachsender Erregung heraus, und dann hebt das Kind eine schmutzige Faust, um sich das Haar aus den Augen zu streichen, und blickt mich mit trotziger Teilnahmslosigkeit an. Ich höre das Schneidende in meiner Stimme, ich weiß, diese Taktik wird nirgendwohin führen, doch ich bin verärgert, ich will das Kind mit Fragen löchern: Was versteckst du da, was hast du gestohlen? Und kaum eine Antwort, ein schwaches Achselzucken, und ich, allmählich verzweifelt, gib es zurück, gib es zurück, spüre, wie es mir in der Hand juckt, das Gesicht dieses dämlichen, trägen Kindes zu ohrfeigen: Wirst du endlich zur Vernunft kommen, wirst du mir zurückgeben, was mir gehört?

Eisenbahnstrasse, und der weite Bogen, den die Tür in den grauen Linoleumfußboden gegraben hatte; wie hell und sauber er war in der riesigen Fläche von schmutzigem Grau, die sich vom einen Ende der Fabriketage bis zum anderen erstreckte, wie die klare Spur eines Scheibenwischers auf schmutzigem Glas. Die breite Senke in der Mitte des Bodens, der so stark durchhing, dass es beinah unmöglich war, einen rechtwinkligen Keilrahmen zu bauen; wie der winzige rote Ball, den ich für die Katze in den Raum warf, herumhüpfte, hin und wieder gegen eine Leinwand prallte und eine Spur kleiner farbiger Punkte hinterließ. Der Ball hüpfte und hüpfte und bewegte sich dann im Kreis durch den Raum, und die Katze starrte dem Ball mit gebannter Aufmerksamkeit hinterher, während er im Kreis herumrollte, und schließlich, wenn er langsam hinunter in die Senke im Fußboden gerollt war, scheinbar zum letzten Mal, beförderte ihn die Schwungkraft seines eigenen Gewichts ein Stück weit hinter den Punkt des Stillstands, sodass er unter dem wachsamen Blick der Katze am Rand des Gefälles der Senke innehielt, bis die Schwerkraft ihn zur Mitte des Raumes zurückrollen ließ; so lieferte die konkave Mulde des Fußbodens die idealen Bedingungen für ein Perpetuum mobile. Wenn die Katze die Spannung nicht länger aushielt, stürzte sie sich auf den Ball und ließ ihn erneut in alle Richtungen davonspringen. Und in einer Ecke des Ateliers der aufgesprühte Stern, hinterlassen von den Hippies, die vor mir dort gelebt hatten: wie er einige Zeit von den Leinwänden verdeckt wurde, die an der Wand lehnten, und wie er, als ich das Gestell baute und die Bilder in die andere Ecke räumte, auf einmal sichtbar wurde, dieser schiefe Stern in roter und schwarzer Sprühfarbe, der meinen Blick wieder und wieder auf sich zog, bis ich schließlich eine sich mit dem Linoleum verbindende Siebdruckfarbe fand, ein großes Quadrat abklebte und einen Farbton mischte, um ihn zu verdecken. Und jetzt war der Stern ausgelöscht in einem grauen Feld, aber nicht vollständig, seine leicht plastischen Konturen wurden sichtbar, wenn das Licht vom Fenster sie reliefartig hervortreten ließ. Manchmal, wenn ich es im Atelier nicht mehr aushielt, machte ich einen Spaziergang, vorbei an der Kirche und der Hochbahn und hinunter zum Kanal, wo ich auf dem matschigen Weg bis zur Brücke ging und dort auf die andere Seite wechselte, jedes Mal der gleiche Spaziergang, jedes Mal die gleichen Gedanken, oder jedenfalls beinahe, die Schwäne beobachtend, die über die mit Abfall übersäte Wasserfläche zogen und hin und wieder ein Stück altes Brot aufschnappten. An manchen Tagen wurde die Straße zu beiden Seiten von den Ständen des Türkenmarkts flankiert, bis hinauf zur Kottbusser Brücke, Obst und Gemüse und Gewürze und Stoffballen, ausgebreitet auf großen Klapptischen; Abdeckplanen drapiert über eine lockere Konstruktion aus Holzbalken zum Schutz gegen den Regen. Und Menschenmassen, die sich vorbeischoben mit ihren Einkaufstrolleys und Fahrrädern und Kinderwagen, sich die enge Schneise unter zwei langen, oben aufgehängten Girlanden aus elektrischen Glühlampen hindurchzwängten. Manchmal machte ich eine Kaffeepause an der Ecke und beobachtete die Tauben, die auf der nördlichen Seite des Kanals auf einem Dach hockten, identische Umrisse, aufgereiht in einer schnurgeraden Kolonne und im exakt gleichen Abstand, jeder Vogel getrennt vom nächsten durch eine einzige Flügelspanne. Hin und wieder flog einer von ihnen auf und ließ sich auf einer leichten Windströmung treiben, über die entlang der Brücke geparkten Gebrauchtwagen, über die Köpfe der Männer, die stehen blieben, um sie in Augenschein zu nehmen, die an den Fenstern von innen angeklebten Schilder inspizierten, Preise und Kilometerstand verglichen. Heute blies der gleiche leichte Wind über die Plastiktischdecke vor mir und wirbelte irgendwie um sie herum, sodass eine Kante heftig gegen ein rostiges Metallbein schlug; die Sonne, die auf die Oberfläche des Tisches schien, blendete mich mit ihrer Litanei von *hier, jetzt*. Und plötzlich, auf irgendein geheimes Signal hin, breiteten die Tauben ihre Flügel aus und flogen in einem weiten Bogen um die Lastkähne und über die Brücke, und die Sonne, jetzt tiefer über dem Horizont, traf in einem bestimmten Winkel auf die Unterseite ihrer Flügel, ein Augenblick, in dem die Strahlen der Spätnachmittagssonne auf Hunderten von Flügeln flackerten und sie in ein leuchtendes Orange tauchten.

Eisenbahnstrasse, und die alte tragbare Schreibmaschine, die ich auf dem Flohmarkt gekauft hatte; die irrwitzige Summe, die ich für die Reparatur des kleinen Mechanismus ausgab, der die Farbbandspulen vorrücken lässt. Ich trug sie nach Hause und rieb die Fingerabdrücke mit einem Papiertaschentuch ab, bis die schwarze Emailleoberfläche makellos glänzte, und dann stellte ich sie in die Mitte meines Schreibtischs und träumte davon, mein erstes Buch zu schreiben, begann aber stattdessen, Briefe an dich zu schreiben, Seiten um Seiten von Briefen, das Papier sorgfältig in die Maschine eingespannt und die Durchschläge danach in einer Mappe abgelegt, zusammen mit den benutzten Bögen Kohlepapier, hauchdünn und überzogen mit einem fragilen Netz sich überlagernder Sätze. Und einige Zeit später, wann war das, las ich sie noch einmal durch und zerriss sie in kleine Stücke, und dann lief ich im Atelier auf und ab, bis ich sie schließlich in einen leeren Blumentopf auf der Feuerleiter stopfte, das Ganze mit Petroleum übergoss und ein Streichholz anzündete. Und danach, als ich wieder heimkam, war das Atelier völlig verqualmt und die Papierschnipsel bloß an den Rändern angesengt, aber lesbar, deutlich lesbar. Und dann klingelte das Telefon, und ich rannte hin und nahm ab und hörte, zum ersten Mal, wie lange war es wohl her, wieder deine Stimme, du wolltest dich mit mir treffen nach all dieser Zeit. Ich sagte zu, hustend vom Qualm, und dann besann ich mich eines Besseren und lehnte ab und legte den Hörer behutsam zurück auf die Gabel. Und später, vielleicht ging ich eines Tages auf einer belebten Straße an dir vorbei, völlig nichtsahnend, nachdem ich eine ganze Weile nicht an dich gedacht hatte: Es ist schon so viele Male geschehen, bloß umgekehrt. Ein Gesicht huscht vorbei, ein Augenblick des Zögerns: *Hat er mich gesehen?* Du, und du. Ein anderes Mal, Jahre davor, kaufte ich gerade in einem Drugstore an der First Avenue Zigaretten, in Gedanken damit beschäftigt, ob ich dich diesmal anrufen sollte, in Gedanken damit beschäftigt, ob ich diesmal überhaupt jemanden anrufen sollte, als ich dich plötzlich am Schaufenster des Ladens vorbeihasten sah. Wie ich auf mein Wechselgeld wartete und dann aus dem Laden rannte und dir hinterher, die Straße hinunter, doch du warst so schnell, du warst immer so schnell mit deiner nervösen Energie, deinen langen geschmeidigen Schritten. Als ich dich schließlich einholte, war ich völlig außer Atem, und statt deinen Namen zu rufen, packte ich dich keuchend am Ärmel deines Mantels. Wie du erschrocken herumwirbeltest, während ich in der Mitte der Straße stand und gestikulierte; wie ich nach Luft rang, während ich zu erklären versuchte, dass wir, hätte ich nur einen Augenblick später den Kopf gewandt und zum Schaufenster hinausgeblickt, nie gewusst hätten, wie nah unsere Wege daran gewesen waren, sich zu kreuzen.

Eisenbahnstrasse, und wie ich schon einmal dort gewesen war, wann war das, Jahre davor auf der Party von irgendjemandem, die unbekannte Straße, der unbekannte Hof, die Telekommunikationsfabrik nach hinten raus und der Schornstein aus gelbem Klinker, Überbleibsel aus einem früheren Jahrhundert. Und wer war auf der Party, ich kann mich kaum erinnern, Künstler, Kunststudenten, die übliche Szene. Wie ich dastand, ein Getränk in der Hand, auf der anderen Seite des Hausflurs mein zukünftiges Zuhause; wie ich nicht auf die Idee kam, dass mein Leben sich eines Tages allmählich in diese Umgebung einbetten würde, dass ich mehr und mehr Teil dieser unbekannten Straße, dieses unbekannten Hofs werden würde – bis beim Öffnen der Haustür der Anblick des Graffitis, hingeschmiert auf die Mauer des gegenüberliegenden Gebäudes, oder die aufgereihten Briefkästen im Flur, mit meinem eigenen dazwischen, so vertraut und persönlich werden würden wie ein kleines Lächeln oder ein Flackern im Blick von jemandem, bestimmt für mich, mich allein. Und dann der Anblick des Katers, wie er durch den Hof rannte und mit einem einzigen weiten Satz hinten auf den Umzugswagen sprang, bevor wir wegzogen; ich hatte ihn seit Stunden gesucht, nach ihm gerufen, während wir die Leinwände die Treppe hinuntertrugen und auf dem Transporter verstauten, doch das kam später. Die letzten Möbelstücke und Kartons waren sicher gestapelt und die Bilder mit einem dicken Seil an der Bordwand festgebunden, als wir die Suche aufgaben, um lieber später wiederzukommen, und Ernest den Schlüssel im Zündschloss drehte. Wie du mich beinahe davon abhieltest, die leere Fabriketage auszufegen, doch ich bestand darauf, wollte einen letzten Moment allein sein mit dem Raum. Was ist das, das Gefühl für einen Raum, einen Ort, warum verlangsame ich noch immer meine Schritte, wenn ich auf dem Weg nach oben zu Laura an der Tür zur Erdgeschosswohnung in der Ninth Street vorbeikomme? Warum sehe ich jedes Mal nach, ob hinter dem Türspion Licht brennt? Und jedes Mal denke ich dann an die Stelle vor dem Heizkörper, wo die Dielen von dem entweichenden Dampf so verzogen waren, dass ich mir immer vorstellte, ein Baum würde versuchen, sich durchzudrängen, oder eine eingeschlossene Seele, oder ich denke daran, wie mein alter Küchentisch wahrscheinlich immer noch da drinnen steht, auf der anderen Seite dieser schweren Tür mit der am oberen Ende des Rahmens diagonal eingeschraubten Mesusa, verborgen unter Dekaden von Anstrichen im Flur, und das kleine runde Loch, durch das die Dealer ihre schmalen Papiertütchen schoben und das wir nach unserem Einzug mit Holzkitt verspachtelten. Der wunderschöne rote Metalltisch, den ich irgendwo im Norden Manhattans fand und auf dem ich meine Stipendienanträge schrieb, bevor ich nach Berlin ging. Und das geschnitzte Holzkästchen mit den Steinintarsien, das ich auf dem Fensterbrett zurückließ für das kleine türkische Mädchen, das ein paar Tage, bevor wir aus der Fidicinstraße auszogen, plötzlich durch die Hecke auftauchte und tausend Dinge wissen wollte, wie wir hießen, warum wir keine Kinder hätten, unser Abschiedsengel, doch das kam später, viel später. Ich blicke um mich und stelle mir vor, dass ich den wilden Blick einer Person habe, die fünf Minuten hat, um ihre Sachen zu packen und zu fliehen, verstört von dieser Welt der Objekte und all diesen Fingerabdrücken, all diesen Fußabdrücken, und ich frage mich, wie viel des gegenwärtigen Augenblicks ich vergessen werde und an welchen neuen Orten ich nun hin und wieder vorbeikomme, ohne mir darüber Gedanken zu machen, Orte, die irgendeinen neuen Teil von mir enthalten werden, die unwiderruflich verwoben sein werden mit diesem Leben, diesen Objekten, die ich gesammelt habe, diesem Körper.

ISBN 978-3-99059-013-3

Umschlag: & Co www.und-co.at
unter Verwendung eines Fotos © Eliza Proctor
Satz: AD
Druck: Theiss

Literaturverlag Droschl Stenggstraße 33 A-8043 Graz
www.droschl.com